忘れえぬ情熱

ジャクリーン・バード
鈴木けい 訳

ハーレクイン
SP文庫

THE GREEK TYCOON'S LOVE-CHILD

by Jacqueline Baird

This edition is published by arrangement with Harlequin Enterprises ULC.

Published by Harlequin Japan,
a Division of K.K. HarperCollins Japan, 2023

ジャクリーン・バード

もともと趣味は油絵を描くことだったが、家族からにおいに苦情を言われ、文章を書くことにした。そしてすぐにロマンス小説の執筆に夢中になった。旅行が好きで、アルバイトをしながらヨーロッパ、アメリカ、オーストラリアを回った。18歳で出会った夫と2人の息子とともに、今も生まれ故郷のイングランド北東部に暮らす。ロマンティックタイムズ誌の受賞歴をもち、ベストセラーリストにもたびたび登場する人気作家。

◆主要登場人物

ウィロー・ブレイン……………推理小説作家。
テオドル・カドロス…………多国籍企業経営者。愛称テオ。
スティーブン…………………テオドルとウィローの息子。愛称ステファノ。
ジュディ………………………テオドルの母親。
アンナ…………………………テオドルの妹。
ダイアン………………………テオドルの元妻。弁護士。
クリスティン・マーカム……テオドルの元愛人。インテリア会社社長。
チャールズ……………………ギリシア駐在イギリス大使の第一秘書。

1

暖かい六月の夜だった。タクシーを降りたテオドル・カドロスは、ジャケットを脱ぎながら、ロンドンのメイフェアにあるジョージ王朝風テラスハウスの入口に向かった。ここは彼の一族が経営する国際的な不動産会社の持ち物で、数年前から妹のアンナが住んでいた。現在、彼女はロンドン大学の学生三人と部屋を分けあっている。テオは同居人をみんな知っていたが、リズが一カ月前に引っ越したあと、新しい入居者にはまだ会っていない。

口元に苦笑が浮かぶ。どうやら新しい入居者はパーティが嫌いではないらしい。折しも今夜は金曜日、部屋には明かりがこうこうと灯《とも》り、宴たけなわのようだ。テオは玄関ホールで壁のフックにジャケットをかけ、熱い抱擁中のカップルをよけて居間に入った。騒々しい音楽に、さらににぎやかな笑い声。アンナは月曜日まで兄が戻ってこないと思い、思いきり羽を伸ばしているのだ。一瞬むっとしたが、テオは妹を責められないと思った。

彼が五週間の南アメリカ出張を終え、ニューヨークへ飛んだのは、一年近くつきあっている新進弁護士のダイアンと週末を過ごして疲れきっていた体をのんびり休めるのが目的だった。ところが、ダイアンから結婚を迫られた。わたしたちの関係はどうなっているの？　夜を明かして話しあいましょうよ。

さんざん話しあったあと、テオは客用の寝室で休み、翌朝結論を出した。〝もう終わりだ〟彼女と会うのは一カ月半ぶりで、そのあいだ性交渉は持っていなかった。恋人がいるかぎり、ほかの女性とはつきあわないとテオは決めている。いくらダイアンでも、いや、どんな女性にもセックスを武器に結婚を迫られるのはごめんだ。彼はさっさと逃げるしかなかった。

「まあ、テオ、どうしたの？」アンナがびっくりして兄の腕をつかみ、茶色の瞳で見上げた。「帰りは月曜日だと思っていたわ」

「びくつくなよ。パーティは続けていいさ。ただし、ぼくの部屋には近づかないでくれ」

アンナは二十一歳、自分の面倒は自分で見られる年齢だが、父の要望でテオがお目付役になっていた。

兄妹の父はギリシア人、母はギリシア人とアメリカ人の血を引いている。母は現代的な女性だが、父のほうはギリシアの伝統的な価値観を重んじるタイプだ。そんなわけで、テオはこのテラスハウスの最上階の部屋で三年間を過ごしてきた。アンナはアテネの実家に帰ると、いまだに信じられないほど過保護に扱われる。

「わかったわ、兄さん……」アンナはふたたび相手の男性と踊りだした。

テオはウイスキーをグラスについで飲み、明々とネオンライトが灯る部屋を見まわした。彼の好みではない。腕時計をのぞくと、もうじき午前零時だ。あいにく彼の体内時計はアメリカ時間なので、寝る気にはなれなかった。テオは冷笑的に口元をゆがめ、女性たちの奇行について思いを巡らした。とくにあのダイアンのことを。

ダイアンは最初からそのつもりだったのだ。美しく知的な彼女は出世欲が強く、そこはテオの好みだったが、つきあって数カ月で結婚を言いだした。彼女は相手を間違えたのだ。テオは独身貴族で、当分それを楽しむつもりでいる。

彼は人でひしめきあう部屋を眺めた。アンナは七月末には大学を卒業する。そのあと、ここは当初からの予定どおり、会社の建物として改築される。大学に入学した際にアンナが学生寮に住みたいと言うと、父はにべもなくはねつけた。この家は父と娘の歩み寄りのたまものだった。今、若者たちが体をくねらせて踊っているさまを見ているうちに、テオは父の気持ちがわかってきた。

自分の体の下で女性が体をくねらせることにはなんの異論もないが、ひと晩限りの関係を持つつもりはないし、ましてや妹の友達など問題外だ。テオは身をひるがえし、人波をかき分けていった。ウイスキーではなく、熱いコーヒーが必要だ。

キッチンに入り、ドアを閉めて振り返ったとたん、テオは立ちすくんだ。二十八歳の今になるまで会ったこともない女性がそこにいる……。

　彼女は戸口に背を向け、毒々しい色の液体を瓶から流しに捨てていた。長いつややかな黒髪が背中で波打っている。張りのあるヒップを超ミニの黒いスカートがかろうじて包み、その上には白い素肌が女らしい丸みのある腰までのぞいている。おまけに脚ときたら……。テオは息をのみ、ズボンのポケットに手を突っこんだ。こんなにすばやく体が反応したのは、いつ以来だろう。彼女の脚は実に長くて、抜けるように白い。

「やあ、こんばんは」テオはかすれた声で物憂げに言った。わざとかすれさせたわけではない。彼女の背後に近づくうちに息がつまったのだ。

　深みのある男性の声を聞いてウィローは瓶を落とし、さっと振り向いた。唇を開いたが、声が出ない。これまで会ったこともないほど魅力的な男性が近づいてくる。長身の体に、タックの入ったクリーム色のズボンと青いボタンダウンのシャツというくだけた格好。たくましい体はブロンズ色に日焼けし、力強いエネルギーを放っている。まっすぐな黒髪は、あと少し長ければ遊び人に見えるような絶妙なバランスの髪型にカットされている。

　まさに十代の女の子が夢見る男性そのものだ。その唇にゆっくり笑みが浮かぶと、ウィローは胸がときめき、胃がひっくり返った。

　ひと目惚《ぼ》れについて読んだことはあるけれど、本気にしていなかった。彼と目が合い、黒い瞳に自分が映っているのを見て、これこそひと目惚れだとウィローは実感した。彼に心のなかまで見透かされているようで、二人の強いつながりを感じる。彼女の体に震えが走った。

彼が何か言っている。ウィローは喉がつまって答えられなかった。興奮に体がぞくっとし、相手を見つめるばかりだ。こんな経験は初めて。きっと恋よ。ほかに考えられる？

彼女が振り向いたとき、テオは完全にショックを受けていた。きらきら輝く青い瞳は、真っ黒なアイラインと濃いマスカラで縁どられている。けばけばしい青いアイシャドーに真っ赤な唇。透きとおるような白い素肌と正反対の厚化粧。

彼女のむきだしの肩は脚と同じく真っ白だ。テオの視線は、ぎらついた銀色のブラジャーが強調する形のいい胸のふくらみに、それから平らなおなかへと移動した。申し訳程度のスカートなので、おへそが丸見えになっている。そこに宝石がはまっているのを見て、彼は息をのんだ。厚化粧はともかく、彼女はセクシーそのものだ。

「きみみたいにきれいな娘がキッチンに隠れていちゃいけないな。ぼくはテオ・カドロス、アンナの兄だ。きみは？」彼は手をさしだした。

間近で見ると彼女の瞳は驚くほど真っ青で、一瞬本物のわけがないとテオは思った。だけど、この際それはどうでもいい。彼女の体に悩殺されそうだ。彼女は何も言わず、ただ目を見開いている。

「ここに泊まっているの？」新しい入居者かもしれない。「それとも、ぼくは幻を見ているのかな。口がきけないのかい？」テオがほほ笑むと、彼女は目をしばたたいた。

「ウィローよ。ええ、ここに泊まってるわ」彼女は落ち着いた声で礼儀正しく答え、ほっそりした上品な白い腕をさしだした。その手をとったテオは電流に打たれた。

「柳《ウィロー》か。きみにぴったりだ」均整のとれた彼女の体を眺める。アンナの同居人とは関係を持たないという鉄則など、どこかへ吹き飛んだ。「ぼくと踊らないか、ウィロー?」

「だめよ」彼女は静かに答えた。「あの人たちみたいに踊れないもの」首を傾けてドアのほうを見る。長い髪が片方にたれた。

「ぼく流のやり方で教えてあげるよ」それは踊りのことを言ったのではなかった。彼女の肌はなめらかで、鼻は形がよく、官能的な唇はふっくらしている。目をみはるほどの美人だ。テオは猛烈に彼女が欲しかった。理性はとうに消えうせ、彼女の服のセンスがおかしいことも問題ではなくなった。

いかれた踊りに興じているカップルたちをよそ目に、テオはウィローを抱いた。彼女は彼の腕にすっぽりおさまった。髪に顔をうずめると、もぎたてのりんごの匂《にお》いがした。彼が知っているどんな香水とも違う彼女だけの匂い。音楽がうるさいので会話はあまり交わさなかったが、テオは面白い話をして彼女を笑わせ、しなやかな体を優しく撫《な》でてため息をつかせた。

やがて、もっと静かな場所で飲もうとテオが誘うと、ウィローは彼の手に手を重ね、導かれるままについていった。

目を開けたテオは満足げな吐息をもらし、長身の体を目いっぱい伸ばした。ものすごく、いや、最高に気分がいい。ウィローのおかげだ。たちまち欲望が頭をもたげた。彼女は理想の女性で、彼の夢をかなえてくれた。テオは唇をなめた。舌先に彼女の味が残っている。胸のばら色の先端を口に含んだ感覚も、彼の体に巻きついた長い脚の感触も残っている。彼をきつく締めつけた彼女の潤いを秘めた場所。ともに上りつめたときの彼女の小さな鋭い声。彼がさらにみだらな行為へとかりたてたときの、とまどいながらも熱烈に応《こた》えた体。あれほど強烈に反応したのでなければ、彼女は男性体験がないに違いないと思えるくらい新鮮だった。

ダイアンと別れて正解だ。ウィローのほうが断然好みに合っている。テオは寝返りを打ち、手を伸ばした。ベッドの隣は空っぽだった。おそらく彼女はバスルームだろう。化粧を落とすために、ゆうべ彼女は一度ベッドを離れた。その素顔の美しさにテオは息をのみ、ふたたび彼女を抱いた。

彼はシーツをはぎとり、ベッドを下りた。欲望は高まったままだ。そこで思い出した。彼女はバスルームではない。彼は十代の少年のように胸を躍らせ、ハンサムな顔をほころばせた。

夜明けの光が寝室にさしこむころ、テオが週末を一緒に過ごそうと提案すると、ウィローは快く受け入れたが、アンナに好奇の目で見られたくないと言った。その気持ちを汲《く》んで、いったん彼女を自分の部屋に帰し、九時に階下で落ちあうことにした。パーティで夜更かししたルームメイトたちは昼ごろまで起きないだろうから、二人はこっそり抜けだせるはずだ。

　ウィローと一緒にシャワーを浴びたり、これから数日間一緒に過ごすと思うと、気がはやる。くしゃくしゃになったベッドを見て顔をほころばせ、鮮血に気づいて……彼は凍りついた。

　嘘《うそ》だろう！　ウィローはバージンだったのか？　テオはその考えを否定しようとして首を振った。あんな服を着ていた彼女がまさか。しかも、出会って一時間もしないうちに彼女はベッドをともにしたのだ。ともかく、アンナが新しい入居者は大学院課程をとっていると言っていたから、少なくとも二十二歳にはなっているはずだ。きっと何かわけがあるに違いない。部屋を見まわすと、時計が目についた。十一時。まずい！　数年ぶりで寝過ごしてしまった。時差ぼけもあったが、ウィローとひと晩中激しく愛を交わしたせいだ。

　テオはシャワールームに駆けこみ、あせるなと自分に言い聞かせた。あんなにすばらしい一夜を分かちあったあとだから、彼女はきっと階下で待っている。頭のなかは、美しいウィローに人生のあらゆるすばらしいものを味わわせる計画でいっぱいだった。彼女を最高の美容師のところへ連れていき、一流デザイナーのドレスを着せ、本来の魅力を最大限に引きだしたい。

五分後、デニムのジーンズと黒いポロシャツに着替え、テオは意気揚々とキッチンに向かった。アンナと友達のマギー、そしてジョーがテーブルに着いていた。テオが会ったこともないブロンドの娘も座っている。パーティの居残りだろうか。

「おはよう、テオ。よく眠れた？」アンナが声をかけた。「コーヒーをいれてあげるわ。飲みたそうな顔をしてるわよ。さあ、かけて」

言われるままにテオは腰を下ろし、前夜のパーティについてのおしゃべりに耳を傾けた。アンナがいれてくれた濃いコーヒーを二杯飲んでから、彼は妹に疑われないよう配慮しつつ、いちばんの関心事を尋ねた。「そういえば、新しい同居人はどうした？　ウィローとか言ったっけ。黒髪で背の高い。ゆうべキッチンで会ったよ」

四人の女性はいっせいに笑った。

ブロンド娘が答えた。「わたしが新しい入居者のエマよ。あなたが言ってるのは〝もぐら〟ね。彼女は帰ったわ」

テオは失望に打ちのめされ、わめきちらしたかった。帰ったって、どこへ？　だがショックを隠して軽い口調で尋ねる。「もぐら？」ウィローは嘘つきだった。新しい同居人でもないし、彼に何も告げずに出ていった。いや、心配いらない。アンナもルームメイトたちも彼女を知っている。慎重に聞きだせば、住んでいるところくらいわかるはずだ。

「彼女とは女子修道院の寄宿学校で一緒だったの」エマが言う。「外務省の役人の家族に人気の学校でね。〝もぐら〟はウィローのニックネームよ。『楽しい川辺』に出てくるもぐらのウィロー。髪の毛が真っ黒だし、当時の彼女はもっと小柄で、朝から晩まで本にのめりこんでいたから、そんな名前がついたんじゃないかしら。わたしより四、五歳下で、口数の少ない子なの。ゆうべはみんなで彼女をパーティに溶けこませようとしたんだけど、だめだった。十二時前には自分の部屋に消えてしまったわ」

テオは押し黙った。自分の部屋じゃない、彼の部屋だ。女子修道院の寄宿学校と聞いて、気持ちが穏やかではなくなったが、それを顔に出しはしなかった。「でも、へそのアクセサリーや超ミニのスカートじゃ、もぐらには見えなかったな」彼は小ばかにしたように言った。

ふたたび一同から笑い声があがり、アンナが答えた。「ゆうべのパーティは〝娼婦《しょうふ》と司祭〟がテーマなのよ。兄さんは気づかなかったのね」

「娼婦と司祭……」テオは繰り返し、浅黒いハンサムな顔をしかめた。「娼婦の仮装だったのか?」妹のばかさ加減に唖然《あぜん》となる。

「ええ」アンナは兄に笑いかけた。「だからといって、わたしたちが娼婦というわけじゃないわよ。兄貴面した非難がましい顔はやめて」

ゆうべウィローを見たとき、彼はおよそお門違いの欲望にかられたわけだ。

「もぐら……つまりウィロー・ブレインは」エマが補足する。「わたしがパーティに誘ったの。まわりから浮かないために、おへそに貼《は》るアクセサリーや着るものを貸してね。だけど……」彼女は自分の体に視線を落とし、テオに流し目を送った。「ごらんのとおり、わたしはすごく小柄でしょう。会わなかったあいだに彼女があんなに背が伸びているとは思いもしなかった」

テオの記憶のなかで、ウィローのすらりとした体が鮮やかによみがえった。明るく輝く青い瞳に、なめらかな肌。熱く応える感度のいい体。けれど彼のなかの客観的な目が、化粧を落とした彼女の素顔や血で汚れたシーツを思い出させた。怒りと困惑が押し寄せる。困惑はなじみのない感情だ。

しっかりした声が出る自信をとり戻してからテオは尋ねた。「じゃあ、ウィローはきみたちと同じ大学じゃないのか?」彼は腰を上げた。なんだか恐ろしい答えが返ってくる予感がした。

「まさか」エマがくすくす笑う。「わたしの父が彼女の母親と親しいから、彼女はここへ来たのよ。ミセス・ブレインは行政団体に勤めていて、今はインドに赴任しているわ。とにかく、父に彼女をひと晩泊めてくれと頼まれたのよ。彼女の母親は娘をロンドンのホテルにひとりで泊まらせたくなかったのね。十八歳の誕生日だからなおさらよ。彼女はきのう高校を卒業したばかりなの。母親に会いにインドまで行くんで、今朝ヒースローに向かったわ」

「やけに知りたがるのね、テオ」アンナが茶色の瞳を面白そうに輝かせて言った。「彼女に気があるわけじゃないでしょう？　ダイアンから何度も電話がかかってきてるわよ。最初の電話はウィローが受けたらしいけど、残りはわたしが処理したわ。電話してあげて。彼女、ひどく動転していたから」

テオの動転はそんなものじゃない。四人の女性がにやついているのが無性に腹立たしかったが、それ以上に自分に腹を立てていた。美しい無垢《むく》な女性をベッドに誘うなんて、自分はそんなに利己的で無分別な人間だったのか。いくらどぎつい化粧や装いだったにせよ、彼女がまだ十八歳だと気づかないとは、まったく人を見る目がない。

「テオ、電話してよ」アンナがせっつく。

「いや、彼女とは別れた。また電話があったら、ぼくは留守だと言ってくれ」格好の言い訳になると思いながらテオはキッチンを飛びだし、そのままテラスハウスを出た。

2

ロンドンの一流ホテルの会議室で半円形のテーブルに着いたウィローは、できることなら今すぐ抜けだしたいと思っていた。ここにいるのも出版社の要望で、彼女の小説の三作目『第一級の殺人』が推理小説作家賞の候補に挙がり、受賞する公算が大きいとされていたからだ。

おまけに夕方には、アメリカの敏腕プロデューサー、ベン・カラビッチと作品の映画化について話しあうことになっている。万一彼女の作品が受賞すれば、より有利な取り引きになるだろう。

担当編集者のルイーズからカラビッチとの会見を知らされたのは三日前だった。ロンドンに泊まるのは気が進まなかったが、それでも彼との会見には期待が持てたので同意したのだ。なのに今、ウィローは後悔していた。

神経をとがらせた文筆家でいっぱいの部屋を眺めるかぎり、場違いなところにいるようで、心細くなってくる。高校を卒業した彼女は、読書好きが高じてたまたま作家になったのだが、とくに推理小説が好きで、執筆を思いたったのは二十歳《はたち》のときだった。それから七年が過ぎ、三作品を書きあげた今、自分が世間から脚光を浴びていることを知った。

受賞者は昼食後に発表される。ウィローは早く何もかも終わればいいのにと思った。受賞への期待などまったく持てない。ほかの五人の候補者はそろって年季の入った作家ばかりだ。

二時間後、ウィローはもうろうとした状態で会議室を出た。彼女が受賞したのだ。受賞のスピーチは涙まじりだった。祝福に駆けつけた人々にもみくちゃにされないうちに、編集者の携帯電話から息子のスティーブンに電話して、ニュースを伝えた。

興奮でいまだに浮き足立ち、編集者に腕を支えられてウィローはエレベーターに向かった。

「カラビッチに会う前に、社長と弁護士の会見が待ってるわ。社長はあなたの作品の熱烈なファンよ」ルイーズがうれしそうに言う。「受賞したことが宣伝になって、売り上げがぐんと伸びるわね。カラビッチは今夜遅くロサンゼルスに発《た》つから、このチャンスを逃さず、うまく取り引きするのよ」

「なんの騒ぎだ？」テオ・カドロスは全国紙の記者やカメラマンが玄関ロビーを走りまわる様子を見て、ホテルの支配人に尋ねた。「社の規則を知っているはずなのに。いかなる記者だろうと、有名人の客を追いかけまわすことは許されない」

テオは一流ホテルをはじめとして、世界中の土地、建物を扱う多国籍企業のオーナーで、今朝、商用でロンドンに着いたばかりだった。彼はいつものようにホテルのロビーをすばやくチェックした。抜き打ちで顔を出すのが、ホテルの経営状態を把握する最善の方法だ。

支配人は笑顔をわずかに曇らせた。「そのお客さまは、チェックインされた際、まったく無名でした。当ホテルは推理小説作家賞の記念昼食会を主催しておりますが、J・W・パクストンの受賞で、こんな騒ぎになったんです」

「そうか。彼の新作ならぼくも読んだが、傑作だった。しかし、そのパーティが全国紙の記者の関心をそれほど引くとは意外だな。今日はほかにあまりニュースがないらしい」

「では、J・W・パクストンをごらんになったことがないんですね」支配人は含み笑いをし、中二階のエレベーターのほうへ視線を向けた。「ほら、出てきますよ。彼じゃない、彼女です。すごい美人でしょう。モデルにでもなれそうだ。本名はたしか、ウィロー・ブレインです」

その名前を聞くなり、テオは身をすくませ、人だかりのするロビーの向こうへ目をやった。エレベーターから降りてきた女性を見て、表情が険しくなる。彼女の顔ならどこにいてもわかる。ウィロー。この九年間、彼の夢に何度も現れた女性。今、現実の世界にふたたび彼女が出現し、テオはショックに襲われた。怒りにかられて彼女に近寄ろうとしたが、すぐに思いとどまった。

最初にウィローに会ったとき、彼は闘牛場の牛のように興奮し、以来後悔にさいなまれてきた。二度と同じ過ちを繰り返すものか。

テオは大理石の柱にもたれ、熱い視線をそそいだ。彼女の容姿は歳月に左右されず、ほとんど変わっていない。少し体形がふっくらしたかもしれないが、あいかわらず官能的だ。その証拠に、男性記者やカメラマンが熱っぽい目で見つめている。

ウィローが売れっ子作家だったのは驚きだが、よくよく考えればうなずける。エマが言っていた。彼女の〝もぐら〟というあだ名はウィローという名にちなんでつけられただけでなく、彼女が物静かな本の虫だったからだと。彼女が物書きの道を選んだのは順当だろう。だが男の目で見れば、やはり驚きだ。

『第一級の殺人』は筋立てがしっかりしていて、読者の知性を試す面白さがある。作風は活気と情熱にあふれている。彼女が情熱的なのはすでに立証ずみだ。策略に関しては、最初の出会いで彼はたしかに彼女に一杯食わされた。


エレベーターを降りるとき、ウィローはカメラのフラッシュに目がくらみ、自分を見つめる長身で黒髪の男性にまったく気づかなかった。

「なんのための昼食会だったの？」激しくまばたきしながら彼女はルイーズに尋ねた。

『クライム・ライターズ・レビュー』の専属カメラマンとの会食だと思っていたのに」ルイーズはくすくす笑った。「そうね。でもJ・W・パクストンが女性で、カラビッチが映画化権を買おうとしていることで話題性は高まるわ。そのニュースはすでに国中に広まっているはずよ」にっこり笑ってウィローを見上げる。「事実を直視してよ、ウィロー、あなたはすごい美人なんだから」

「男だと思われていたほうがよかったわ」ウィローは口のなかでつぶやき、ルイーズと並んでフロントに下りる階段のほうへ向かった。

「ちょっと待ってください、ウィロー」カメラマンが叫んだ。ロビーを横切っていた二人の女性は立ち止まった。

背筋を伸ばし、頬にかかった巻き毛を払って、ウィローはいかにも落ち着いているふうを装った。ミントグリーンのこのドレスと対のジャケットを部屋に置いてこなければよかった。ハート形の胸元がふくらみを必要以上にあらわにしている。ほかの部分は均整のとれた体の線をほどほどに出しているけれど、スカートは彼女の好みより五センチも短い膝上丈だ。イギリス南西部のデボン州に住み、ぎりぎりになって昼食会に出席することを決めたから、ドレスを購入できただけでもましだった。

ドレスとおそろいのシルクのスカーフできつく結んでいた髪がほどけそうになり、黒い巻き毛が顔や優雅な首にかかっている。彼女は興奮ぎみに顔をほてらせながらも背筋を伸ばしたまま、記者たちが次から次へと浴びせる質問を受けた。

ルイーズが声を張りあげた。「ではこれで。五時から重大な会見がありますので――」

「もう一枚だけ撮らせてください、ウィロー」またカメラマンが叫んだ。「髪をほどいて腰に手を当て、階段の手すりに寄りかかってもらえませんか」

ウィローは笑って答えた。「いやよ」自分は作家であって、ピンナップガールではない。受賞した当初の喜びは急速に消えつつあった。全国紙に写真が載るのは望ましくない。誰が目にするかわからないし、彼女には何よりプライバシーが大切だった。さえぎるように手を上げ、厚かましいカメラマンのわきを通りすぎたウィローは、ぎょっとして立ちすくんだ。

誰よりも頭ひとつ分背が高い男性の姿が目に飛びこんできたのだ。淡いグレーのスーツは広い肩を際立たせ、たくましい上半身にゆったりフィットしている。彼は長身に似合わないしなやかな身のこなしで近づいてきた。テオ・カドロス……。ウィローは自分の目が信じられなかった。ショックで身がこわばり、彼を見つめるばかりだ。過去の亡霊。でもこれは現実なのだ。

黒髪には銀色の筋が入っていたが、むしろそのほうが記憶のなかの彼よりハンサムで、男らしかった。目はあくまでも黒く、女心をとりこにする濃いまつげに縁どられている。彼にじっと見つめられて、ウィローはいたたまれなくなった。ここでテオに再会するとは。

少ないながらも味わっていた受賞の喜びが屈辱に変わっていく。それでも彼女は目をそらすことができなかった。

「ミス・ブレインはインタビューに充分答えたようです」テオは彼女の肘をつかむと、そのままロビーを横切り、広いオフィスへ連れていった。

「ねえ」彼女はやっと声をあげ、あわてて周囲を見まわした。そこは支配人のオフィスだった。「こんなところに入っちゃだめよ」

「大丈夫。ぼくはこのホテルの持ち主だ」テオ・カドロスは傲慢《ごうまん》に言い放ち、驚き顔の支配人に向き直った。「報道陣を追い払ってくれ。ミス・ブレインの編集者には、すぐに戻ると伝えるんだ。ここを出るときはドアを閉めていってくれ」

「いやよ」ウィローは声を震わせた。こんなことが起こっていいはずがない。

この九年間、テオ・カドロスと二度と会うことがありませんようにと祈ってきた。彼とこんなふうにでくわす確率はどれくらいだろう。たぶん、きわめて低い確率だ。

なんて運が悪いの！　ウィローは自分の目に浮かんでいるはずの恐怖や当惑を気どられないよう、彼から視線を引きはがした。

初めて会ったとき、ウィローは彼の男性美にすっかり魅了された。当時を振り返り、自分がいかに若く無知だったかを思うと、身がすくむ。

あのころは人生でもっともつらい時期だった。ウィローの両親はともに外務省勤めだったが、父親は彼女が赤ん坊のころにアフリカで事故死したので、思い出すこともなかった。外務省勤めを続ける母の転勤で、ウィローは子供時代のほとんどをデボン州にある祖母の家で過ごした。休暇になると、どこの国の大使館だろうと母のもとを訪れ、十二歳で寄宿学校に送られた。

残念ながら、祖母はウィローが十八歳の誕生日を迎える三カ月前に亡くなった。あのとき彼女は、夏休みを母と一緒に過ごそうと、インドへ向かうところだった。初めてロンドンでひとりになり、母の親友に世話になったが、テオ・カドロスの洗練された誘惑にはひとたまりもなかった。

人生体験といえば書物による知識だけで、思春期の少女のロマンチックな空想でいっぱいだったウィローは、彼の瞳のなかのすばらしい輝きにたちまち魅了された。男性の官能的な魅力に圧倒されたのは生まれて初めてだ。彼女はその場で降伏し、ひと目で恋に落ちた。それから激しい愛の行為を交わし、夢のような一夜を過ごした。

いいえ、愛はない、単なるセックス……。ウィローはクエーカー教徒だった祖母の教訓を思い出した。一夜明けたあとの男たちの横暴さについての厳しい警告を。

テオに週末を一緒に過ごそうと言われ、のぼせあがっていたウィローはすぐに承諾した。彼を信じきっていた。いったん自分の部屋に引き返し、荷造りをした。それから大人の女性になった気分で、予定の変更を知らせるため、母に電話をかけようと、玄関ホールに下りていった。幸せな気分で浮き立っていた。だが彼女が電話をかける前に電話が鳴った。受話器をとったウィローは、ダイアンと名乗る女性の声を呆然《ぼうぜん》と聞いていた。恋人のテオ・カドロスはいるかと問う声を。

ウィローはショックを受けながらも、彼はまだ眠っていると礼儀正しく答えた。相手の女性は口ごもり、それから笑った。

〝おとといの晩、わたしが眠らせなかったから、疲れているのね。起こさないで。わたしは今日の便でそっちへ行くから、今夜のために休んでいてもらいたいわ〟彼女は婚約者から連絡があったことをテオに伝えてと言って、電話を切った。

ウィローが受話器を戻したとき、アンナが現れた。テオの婚約者から電話だったと伝えると、アンナは恐れていた事実を裏づけた。〝ダイアンね〟

それでもウィローは信じたくなかった。テオとダイアンは長いつきあいなの、ときかずにいられなかった。兄にしては珍しく一年もつきあっているとアンナは答え、父から早く身を固めるよう言われている、とつけ加えた。ゆうべ兄はニューヨークでダイアンと会ってから最終便で帰ってきたのよ。

それ以上聞く必要はなかった。自分が救いがたいばかだったと思い知らされ、ウィローは空港へ向かうタクシーに乗りこんだ。

あれから九年。ウィローは今、危険な魅力にあふれたテオの顔を見つめ返した。彼が冷酷にもしげしげと見つめているのに気づき、しばらく息ができなかった。胸の鼓動が一気に速まり、下腹部のあたりがうずきだす。

「いったい自分が何をしてるかわかっているの？」ウィローはおぼつかない声で尋ねた。ふたたび自分を揺さぶる彼の気安さを憎み、一歩あとずさる。

「昔なじみを救いだしただけさ」テオはわざとらしく間をあけ、あざけるように眉を上げた。「きみが、あのいやらしい男たちの前でまだポーズをとりたいなら別だが」彼はあいかわらず美しいウィローの顔をしばらく見つめ、大きく開いたドレスの胸元からのぞく白いふくらみをちらっと見た。「記憶のなかの姿と少しも変わっていないな」

ウィローは頬を赤らめた。硬くとがった胸の先端がやわらかな生地を突きあげているのを、彼に気づかれませんようにと祈るしかない。「救いだしていただかなくてもけっこうよ。自分の面倒は自分で見られるわ。どうもありがとう。じゃあ、これで……会合があるので」

「聞いたよ、ベン・カラビッチだろう。でもその前に、お祝いの言葉を言わせてくれ。きみの最新作を読んだ。ひねりのきいたプロットを堪能《たんのう》したよ」黒い目が感心したように輝き、力強い口元が微笑でやわらいだ。「きみに隠れた才能があることは、前からわかっていた」

大人の女性になったウィローは、彼の言葉を額面どおりに受けとりはしなかった。テオ・カドロスはうぬぼれの強い男性だ。彼女はかつてテオドルという彼の正式名について調べたことがある。〝神の贈り物〟という意味の名前。つまり、彼は自分が神の贈り物だと思っているのだ。ハンサムで精力的で自信に満ちているテオに、たいていの人はひるんでしまう。自分も例外ではない。だが、怯《おび》えているのを気づかれたくなかった。

「ありがとう」彼の視線を真っ向からとらえ、落ち着き払って答える。

この数年間、ウィローはテオについての記事を読んできた。彼は大富豪で、二、三年前に父親が亡くなってからは一族の会社を受け継ぎ、会社の規模を四倍にも拡大した。精力的で情け容赦のないところがビジネスの世界では恐れられている。

「本を楽しんでくれてうれしいわ」ウィローは冷静に言った。「でも、もう失礼しないと」きびすを返し、ドアに向かう。テオ・カドロスとの再会は悪夢だ。さっさと立ち去らなくては。

「ああ、会見があるからな」テオはドアを開けようとすばやく戸口に向かったが、そこで彼女の腕をつかんだ。「でも、会見のあとで夕食を一緒にどうかな」そっとつけ加える。

「ウィロー?」

彼女の名を呼ぶ声と腕をつかんだ長い指に、ウィローの全身はぞくぞくした。自制心を総動員して顎を上げ、彼の厳しい顔を見上げる。「お誘いありがとう、テオ。残念だけど無理よ」

テオは彼女のひとつに結いあげたつややかな黒髪から、きらきら輝く青い瞳へとゆっくり視線を移した。瞳の奥に恐怖がちらっとのぞく。「ご主人に怒られる？」自分が夫なら、彼女を目の届かないところへ行かせはしない。

「夫はいないわ」ウィローは思わず正直に答えた自分を呪《のろ》った。格好の口実だったのに。

「でも――」先約があると言いかけて、さえぎられた。

「じゃあ、ぼくと食事をしても問題ないね」

なんて傲慢なの！　彼は九年前と少しも変わっていない。「だけどあなたは？」ウィローは冷ややかに尋ねた。「何かの記事で読んだわ、あなたは結婚しているんでしょう。奥さんは、あなたがほかの女性と食事をすることに何も言わないの？」

テオがダイアンと結婚したことは知っている。彼と出会って数カ月後に新聞で知ったのだ。それから一年ほどして、彼がダイアンのためにギリシアに建てた屋敷について、国際的な雑誌に大きくとりあげられていた。

「そんなことはない」テオが答えた。「彼女とはもう何年も前に別れた」

きっとダイアンも、彼が女性を裏切る浮気者だと気づいたのだろう。

「どうする、ウィロー？　ぼくらはともに自由の身だ。一緒に夜を過ごし、旧交を温めるのに、何も障害はない」

「悪いけど、編集者と夕食をとる約束なの」ウィローはふたたびドアの取っ手に手を伸ばした。

「じゃあ、せっかく同じホテルにいるんだから、そのあとで一杯やろう。ぼくらは九年前に握手ひとつで別れたんだから」

彼のやわらかな物言いに威圧を感じるのは思い違いかしら？　ウィローははねつけたかったが、同意したほうが身のためかもしれないと思い直した。寝る前に一杯飲んで軽くおしゃべりする。大変な夜になりそうだ。彼に疑念を持たせないようにしなくては。明日の朝になったらデボン州に戻り、以後二度とテオに会うつもりはない。

「わかったわ。一杯だけね。でも、わたしを待ちつづけて、せっかくの夜を台なしにしないで」そう言い残してウィローは部屋を出た。

ベン・カラビッチはハンサムな男性だが、ウィローにとっては『ノートルダム・ド・パリ』の醜い主人公も同然だった。彼女は出版社社長と弁護士、そしてルイーズとともに彼のスイートルームにいた。彼女はうわの空ですべてにイエスと答え、話が金銭面に移るとほっと胸を撫《な》でおろした。気持ちが乱れている。テオ・カドロスは九年前と少しも変わらないどころか、覚えている以上に厳しく皮肉屋になっていた。彼の言うとおり、二人は握手ひとつで別れた。ウィローは彼を人生から締めだすために、胸の張り裂ける思いで自分を抑えたのだ。

ああ！　今考えても、あんなに若くて無邪気だったとは信じられない。テオとベッドをともにした明くる朝、彼女はあの電話に出て、ロマンチックな夢をたたきつぶされた。ベッドをともにしたばかりの彼に婚約者がいたのだ。なんて無節操なの。

それから数時間後、ウィローはヒースロー空港の出発ロビーで搭乗便のアナウンスを待っていた。飛行機の出発が遅れ、母と無事に会えるかどうか心配で、前夜の恥ずべき出来事は考えないようにした。だがつかのま目を閉じ、なんて愚かなまねをしたのかと自分を呪った。

〝ウィロー〟

彼女ははっと目を開けた。すぐ目の前にテオ・カドロスが復讐《ふくしゅう》の天使よろしく、そびえ立っていた。磁石のように人を引きつける彼のものすごい力にウィローはショックを受けた。けれど、昼間の明るい日差しのなかで、情け容赦ない厳しい彼の顔を見ると、彼女がこの男性にいだいた理想の姿は忘却のかなたへ追いやられた。

なんてばかだったの。テオ・カドロスのような世慣れた男性にとって、自分は一夜限りの情事の相手にすぎないのだ。彼とは住む世界が違う。そんな苦い現実に気づいたせいで、彼に立ち向かう気力がわいてきた。〝ここで何をしているの？〟

彼女の全身をなめまわすように眺めていたテオの顔に落胆の色が浮かんだのを見て、ウィローは苦笑した。空の長旅のために、ウエストをひもで結ぶ白いコットンパンツに青いスエットシャツという楽な格好をしていた。髪は三つ編みにし、ノーメイクなので、ゆうべの派手な化粧のセクシーな装いをしていた彼女とは別人に見えるはずだ。

〝いや……週末を一緒に過ごそうかと思って。それより……〟テオは腹立たしげに眉をひそめ、彼女の青白い顔を見た。〝十八歳おめでとう、か〟

ウィローはショックを受けた状態のまま、ていねいに礼を言った。

テオは冷ややかな顔で、なぜあのとき十八歳だと教えてくれなかったのかと尋ねた。きかれなかったからよ、とウィローがいまいましげに答えると、テオはむっとし、どうしてあの家の新しい住人だと思わせるような嘘《うそ》をついたんだと問いつめた。

〝泊まってるのかときいたから、泊まっていると答えたまでよ〟

怒りもあらわにテオは指摘した、きみがそんなに若くて、バージンだと知っていたら、ベッドには誘わなかったと。ウィローは恥ずかしそうに、もっと声を落としてと頼んだ。それから思いつくままに、あれは大人になったらしようと計画していたことで、相手はあなたのように経験を積んだ年上の男性がいいと思っていたのと続けた。

テオはかろうじて怒りを抑え、そんなに軽々しく純潔を失っていいのかと反撃した。そして、手紙にしろ電話にしろ連絡をくれ、なんならインドで再会しようかと提案した。彼女が返事をしないので、テオはゆうべのことで何かあった場合を考えて、連絡は絶やさないようにとぶっきらぼうに言った。

ウィローは婚約者のことを何も言わない彼が腹立たしかった。〃どうかと思うわ。もちろん、おとといの晩ベッドをともにした女性には、わたしのことを言わなかったんでしょうね〃彼の目が後ろめたそうに光ったのを見て、ダイアンの言っていたことは真実だと認めるしかなかった。ウィローは打ちのめされた心を奮い立たせ、心配しないでと見えを張った。あなたはちゃんと避妊具を使ったし、事後用経口避妊薬もあると言って、自分がそれをのんだようにほのめかした。

テオは身をこわばらせた。黒い瞳からは感情が読みとれなかった。〃そうか。だったら、もう話すことはなさそうだな〃彼は手をさしだした。〃きみの役に立ててよかった〃

そのとき、搭乗手続きを始めるアナウンスが流れた。〃あとくされなくね〃ウィローは冷ややかにほほ笑み、彼と握手をした。

テオは愕然《がくぜん》とし、握りしめた彼女の手からゆっくり指をほどいた。〃楽しい人生を送ってくれ、ウィロー〃そして彼は立ち去った。

「きみはどう思う、ウィロー？　賛成かい？」

ウィローは現実に引き戻され、目をしばたたいた。テオが去ったあとの苦痛にいまだに直面できずにいた。「ええ」テーブルの向かいに座ったベン・カラビッチの鋭い灰色の目を見る。

「聞いてなかったようだな。ハリウッドの権力者の自尊心もずたずただよ」

彼は実際、魅力的だった。年齢は三十五歳くらいだろう。「いいえ、聞いていたわ」嘘だ。「社長が喜んでくださるなら、わたしも本望よ」

「幸運な男だ」ベンは皮肉な笑みを浮かべた。「彼がきみを評価してくれることを願うよ。もしそうでない場合は、ぼくに電話をくれ」

3

ホテルのドアマンがタクシーのドアを開けた。ウィローは後部席からすべりおり、一緒に乗ってきたルイーズにおやすみを言った。ホテルの堂々とした入口を見上げ、冷たい夜気にかすかに身を震わせる。まもなく午前零時。テオ・カドロスはもう待つのをあきらめただろう。そうだといいけれど。カラビッチと会見を終えたあと、彼女はほかのメンバーとイタリア料理店で乾杯した。食事がすんでも、おしゃべりとコーヒーに時間をかけたが、ついに引きあげるしかなくなったのだった。

ウィローは急いでロビーに入り、まっすぐ受付に向かって部屋の鍵《かぎ》を要求した。

「ありがとう」一刻も早くこの場を去りたくて、引ったくるように鍵を受けとる。だが振り向いたとたん、たくましい体にぶつかった。力強い腕が彼女の腰に巻きつく。ウィローは顔を上げた。

「驚くことはないだろう。きみはもう何年も前に経験ずみなんだから」テオは低くかすれた声で言い、彼女の目を見てからかうようにほほ笑んだ。

「まだ待っていたの？」ウィローはあわてて身を引いた。予想に反して彼が腕を離してくれたので、ほっとする。

テオは上品な仕立てのベージュのスーツを着ていた。ゆったりしたズボンは股上が浅く、長い脚が際立っている。ネクタイをはずして白いシルクシャツの前を開け、日に焼けた喉元から胸の上部をのぞかせている。

今よりずっと若かった自分が彼の大きな胸にもたれて甘えている記憶がよみがえった。ウィローは喉をごくりとさせ、彼の顔に視線を戻した。

「もちろん待っていたとも。きみに一杯ごちそうして昔話をする約束をしたんだ。ぼくは約束を破ったりしない」

うっとりさせるまなざしは、いつもは回転の速いウィローの頭を鈍らせた。彼女が断ろうとする前に、大きな手が彼女の肘をつかんだ。あっというまに彼女はテオに並んで歩いていた。なぜこんなことになるの？　嫌いなのに、見つめられると神経がざわつき、体中を熱い血が駆けめぐる。そんな自分がいやでウィローは言い返した。「急がないと」

「大丈夫、シャンパンは飲みごろに冷やしてあるから」

気がつくと、彼女はエレベーターのなかにいた。

「ちょっと待って」一歩あとずさった拍子に、後ろの壁にぶつかった。彼女の肘を支えていたテオの手が離れた。「バーは一階にあるはずよ」

「バーは満席だ。きみは忙しい一日を過ごしたんだから、落ち着ける場所のほうがいいだろう」

「いいのよ、別に」テオ・カドロスと落ち着くなんて、悪夢以外の何ものでもない。「くたくたなのは本当だけど」

エレベーターの狭い空間のなかで、ウィローは彼をひどく意識した。テオは悠然と壁に寄りかかっている。コロンの香りなのか、男性の匂《にお》いなのか、彼女の鼻をくすぐる。彼の体がわき腹をかすめた瞬間、脈がはねあがった。早く彼のそばを離れれば、それだけ気持ちが楽になる。

「一杯飲むのはまたの機会にしたほうがいいわ」

「身の毛もよだつようなむごい殺人の筋立てを考える作家なんだから、ぼくの部屋でナイトキャップを楽しむくらい怖くないだろう?」テオは片方の眉を皮肉っぽく上げてうながした。

「ええ、もちろん。でももう遅いし、本当に疲れているのよ」

テオはプラチナの薄型腕時計に目をやり、彼女の目をのぞきこんだ。「午前零時まで二分。すごい偶然だな。ぼくらが初めて会ったときとまったく同じ時間だ。あのとき、きみは疲れているとは言わなかった。その逆だった」

形のいい唇が官能的な笑みを浮かべ、彼女にも思い出すよう誘いかけている。その手に乗るものですか。もはや、男性の原始的な魅力に簡単にくらっとなるほど愚かな十代の娘ではないのだから。

「思い出させないで。わたしは過去に生きたりしないわ。未来を考えるほうがいいもの」

エレベーターのドアが開くと、テオは彼女の背中を押して外に出た。「それじゃ、ぼくたちの最初の出会いを再現するのは禁物だな」

「そうよ」ウィローは頭を反らし、彼の浅黒い顔を見上げた。黒い瞳が愉快そうに輝いている。ほんの一瞬、テオがかなり若く見え、彼女の思いは彼と出会った夜にさかのぼった。ダンスをしたり、おしゃべりしたり、冗談を言ったりする彼の気さくな態度を思い出して、つい頬がゆるむ。「それはあなたの夢のなかにしまっておいて」

テオは鍵をとりだし、彼女を見ながら自分の部屋のドアを開けた。「よかった。笑顔を忘れたのかと思ったよ。心配するな、ぼくは襲いかかったりしないから。もう若くないんでね」彼はにやりとし、アイスペールののったテーブルに近づいた。「座ってくれ。きみの成功を祝って乾杯しよう。昔なじみなんだから」

ウィローは座り心地のよさそうなソファに腰を下ろし、リラックスしようとした。自分は輝かしい成功をおさめた自立した女性で、感受性の強い十代の娘とは違うのだ。心配する必要はない。テオが言ったように、昔なじみが乾杯するだけのこと。正確に言えば、九年前に強烈な一夜をともにしただけの関係だけれど。それでも、あの日テオが空港まで追ってきた理由が今も彼女を悩ませていた。それとも彼はモラルが低いなりに、礼儀を通そうとしたのだろうか。

彼女は長いまつげの下から彼を盗み見た。ふさふさした黒髪の両わきが照明を浴びて銀色に輝き、まっすぐな鼻と四角い顎、くっきりした唇という独裁者のような横顔を際立たせている。あれから彼はうまく年を重ねていた。目尻や口元のしわが、整いすぎた容貌《ようぼう》にかえって味わいを添えている。テオは上着を脱いだ。シルクのシャツが広い肩やたくましい胸を引き立てている。引きしまった腰に長い脚、みごとな逆三角形の体。

どんな人込みのなかでもわかる存在感と、危険な雰囲気のある精悍《せいかん》な顔。おまけに彼には莫大《ばくだい》な資産があるから、女性にはたまらない魅力で……彼はそれを承知している。だからこそ自分がもう若くないと言える余裕があるのだ。

慣れた手つきでシャンパンの栓を抜く彼を見て、ウィローは息をのんだ。テオ・カドロスが自分の人生にどんな脅威をもたらすか、忘れるところだった。彼女はソファの上で背筋を伸ばし、落ち着いた微笑を浮かべて、さしだされたシャンパングラスを受けとった。

「ありがとう」

テオは彼女のそばに長身の体を沈めた。かすかに向きを変え、輝く瞳で彼女を見据える。

「白鳥に変身した〝もぐら〟に乾杯！」ウィローが驚いて目をみはると、テオは顔をしかめた。「ぼくの英語もまだまだだな。〝もぐら〟は白鳥にならないか。でも、言いたいことはわかってくれるだろう。とにかくおめでとう、ウィロー」

二つのグラスがかちんと音をたてた。ウィローはほほ笑もうとしながら、きらめく液体を急いで飲んだ。高校時代のニックネームを彼が知っている。わたしがその話をした覚えはない。いったいどこで情報を仕入れたのかしら。

「さあ、聞かせてくれ。きみはなぜ小説を書くようになったんだ？」

仕事の話は、彼との思い出にふけるよりずっと安全だ。ウィローは最初の本を出版したいきさつを話し、今どこに住んでいるのかという彼の質問をうまくかわした。代わりに、テオについてすでに知っていることを再確認する。仕事で世界中を飛びまわっているけれど、自宅はギリシアにあることを。

「多忙な生活を送っているのね。でも、あなたは忙殺されずに楽々やっているように見えるわ」

テオは悠然と広い肩をすくめた。「よく働き、よく遊んでいるのさ」彼女に身を寄せ、ソファの背にさりげなく腕を伸ばす。あまりの近さに、ウィローは落ち着かなくなった。

「そういう生活はわたしには合わないわ」突然、二人のあいだの空気が張りつめた気がした。「わたしは一箇所に落ち着いた静かな生活が好きだから。旅行は苦手だし」テオの体がこちらを向いた。脚に軽く押しつけられた彼のたくましい腿がいやでも気になる。「変化が嫌いなの」

「それはある意味ではいいことだ。たとえば、この髪」テオの手が何げなく彼女の髪を撫《な》でると、ウィローは顎を引いた。「髪を切らなかったんだね、うれしいよ」

「祖母がとても古風な人だったから。母が仕事で外国にいたせいで、わたしは祖母に育てられたの。髪を切るなんてもってのほかよ。祖母が子供のころは親がもっと厳格で、日曜日は働かないし、テレビも持たなくて、女性は髪を切らせてもらえなかったんですって」

彼女はテーブルからグラスをとりあげ、シャンパンを飲みほした。それが間違いだった。テオがそっとシャンパンをつぎ足したのだ。彼がそばにいると頭の働きが鈍くなり、緊張のあまりよけいなことまで話してしまう。

「おばあさんに感謝だな。そんなにきれいな髪を切るなんて冒涜《ぼうとく》だ」テオは眉をぴくりとさせた。「でも、きみみたいに若くてきれいな女性が、おばあさんの言いなりになって満足していたわけじゃないよね？　たとえば、ぼくたちが初めて会ったときから、きみは大勢の男性とつきあってきたはずだ」

「いいえ……」ウィローは口ごもった。彼のからかうようなまなざしに、声が尻つぼみになる。「ひとりだけよ」彼女は息子スティーブンのことを思って言い返した。

テオは黒い瞳に謎《なぞ》めいた輝きを見せた。「その言葉を信じたいものだ」

「ご自由に」ウィローはとげのある口調になった。彼の住む世界では、服を替えるように恋人をとり替えるに違いない。「わたしのことはもういいわ。それよりアンナはどうしてる?」

「ああ、アンナか」彼女が話題を変えようとしたことに気づき、テオはそっけなく言った。「妹は結婚して、かわいい娘が二人いる。ぼくは姪《めい》っ子に甘い伯父だよ、アンナに言わせれば」

まずい質問だった。ウィローの冷静な仮面の下でふつふつしていた性的な緊張は消えうせ、代わりに罪の意識に襲われた。テオが子供好きだとは思いもしなかった。けれど表情がやわらぎ、優しい目になるのを見ると、彼が妹の子供たちを心から愛しているのがわかる。それが彼自身の息子なら、どんなにかわいがるだろう。

「妹に会いに行ってくれ。きっと喜ぶよ」

「そうね」ウィローは急いで立ちあがった。「そのうち会いに行くわ。もう行かないと」シャンパンと気さくなおしゃべりで、またしても彼の魅力に引きこまれてしまった。テオは彼女の人生を脅かす存在、それを忘れてはいけない。

テオが立ちあがり、ウィローの肩に両手を置いた。彼女の背筋に温かいものが流れる。

「アンナはきみの十八歳の誕生日に何もしてあげられなかったことを申し訳なく思っている。きみがパーティを早々に抜けだしたのは、退屈だったからだと思っていたんだ」彼はほほ笑んだ。黒い目はあの晩のことを思い出せと彼女に誘いかけている。

白く輝く歯をのぞかせてほほ笑むテオを見ているうちに、ウィローはその唇が彼女の唇や体にどんなにすばらしい感触を残したか思い出した。体のなかで熱いものが渦を巻く。そんな自分の反応が恥ずかしくなった。

ウィローは顎を突きだし、彼の視線を受け止めた。しかし、長らく忘れていた体のなかの燃えるような感覚はどうにもできなかった。

「悪く思わないでとアンナに伝えて。別に彼女と連絡をとりあう必要はないと思うわ。彼女とはあの日会っただけだし、以来なんの便りもないもの」あなたともね、とほのめかしたつもりだった。「本当にもう行かないと」

「きみがそんなつもりだったのなら、ぼくと一杯つきあうことに承知してくれたのは光栄だ。とてもうれしいよ」彼女のふっくらした唇に視線が移り、肩をつかむ手の力がいくぶん強くなった。「なぜ承知したんだ？」

いけない。想像力豊かな彼の好奇心をかきたててしまった。彼の申し出をすぐに断るべきだった。冷ややかに振る舞うなんて無理よ。隠し事があるのを彼に少しでも疑わせては命取りになる。

ウィローはゆっくりまつげを伏せ、彼のがっしりした顎の輪郭にしばらく目をとめてから、じっと見つめる黒い目を見つめ返した。

「あなたには断りにくいもの。あなたが言ったように、昔なじみと一杯飲むのは何もさしつかえないと思ったの」ウィローは顔に微笑を張りつけた。「楽しかったわ、ありがとう。

でも本当にもう行かなくちゃ」

「きみが恐れているのは男性全般か、それともぼくなのか?」ウィローが返事を考えつく前に、テオは唐突に次の質問を浴びせた。「最初の出会いのとき、きみはぼくから逃げだした。いったい何があったんだ? エマの話や、今日再会してからのことを考えると、空港できみから聞いた話を信じるわけにはいかない。自分でも予期していなかったほど性的関心の強い自分に驚いたんじゃないのか? きみは怯《おび》えて逃げだした。今もそうだろう。だとしたら、ぼくはきみに申し訳ないことをした」

激しい怒りがわきあがったが、ウィローはなんとか口元に微笑を浮かべた。よくもそんなうぬぼれたことが言えるわね。今さら筋違いな謝罪をされても、怒りがつのるだけだ。

彼女は反撃したかった。恐怖と罪の意識がそれを抑え、代わりにおとなしく同意する。

「そういうことかもしれないわね。でも、わたしは恨んでないわ。さあ、本当にもう行かないと」

「ああ、でも……」テオは小さくうめき、彼女の体を引き寄せた。官能的な唇を彼女の唇に押しつける。彼女があえいだすきに舌を入れ、みずみずしい口のなかを探る。

一瞬、ウィローはショックで凍りついたが、それはほんの一瞬だった。彼女はすぐに彼の唇から逃れようとして顔をそむけた。こんなことを望んでいたんじゃないのに……。だが、どんなに逃れようとしても逃れられなかった。テオの両手が彼女の体に沿ってゆっくり這《は》いおりていく。欲望をそそる手の動きに、ウィローは思わず目を閉じた。テオの唇の感触がしだいに変わっていった。もはや激しさはなく、彼女の唇を撫でるように巧みに動いて彼女にわれを忘れさせた。あまりに甘美な感覚に下腹部がよじれそうになる。

九年前の夜とまったく同じく、体は心を裏切り、熱いものが背筋を伝った。ウィローはふたたび十八歳に戻り、最初で唯一の恋人のすばらしい感覚にわれを忘れた。

テオの舌がふたたびウィローのみずみずしい口のなかを探ると、熱い欲望が彼女の体中をうねった。ウィローはたちまち、長いこと忘れていた寄せては返す快感の波にのまれた。

いいえ、忘れていたのではない、正気を保つために無理に抑えこんできたのだ。だけど今、その防波堤が崩れた。彼女はしなやかな体を反らし、両手を彼の首に巻きつけた。

「きみが欲しい」テオが彼女の唇にかすれた声でつぶやいた。「たまらなく欲しい」

言葉はいらなかった。性急に押しつけられた彼の体が猛々《たけだけ》しくなっているのがわかる。

ウィローは彼のなめらかな髪に指をからませた。キスは激しさを増し、舌と舌がたわむれる。

九年間ひとりだったウィローは、なおさら彼のキスに熱く応《こた》えた。テオがドレスのファスナーをすばやく下げると、彼女は背中を弓なりに反らし、彼が体を離したとたん小さくうめいた。テオはドレスを腰まで下ろし、片腕を彼女の背中にまわして、むきだしの肌に手を当てた。頭を傾け、ふたたび彼女の唇を探りつつ、自由なほうの手でブラジャーのフロントホックを探しあてる。

彼の指が胸のふくらみを撫でると、ウィローはうめき声をあげた。うつろな目を開け、熱く燃える黒い目を見上げる。そしてほんの一瞬ためらった。

テオの目が彼女の目を焦がし、夢見心地にさせる。彼女の背中にまわした手が上がり、ゆるく結んだスカーフをほどくと、なめらかで豊かな黒髪が背中にはらりとたれた。

「これが思い出のなかのきみだ」テオはかすれた声で言い、もう一方の手で彼女の胸を包んだ。彼の長い指はぴんととがった胸の先端をなぞり、彼の黒い瞳は男としての勝利に輝いている。「どうしようもなく、痛いほど高まっている」

胸の頂を指でつままれ、ウィローの胸から腿のあいだまで快感が走った。しなやかな乳白色の体が彼のたくましい腕のなかで挑発的にのけぞり、彼の目は勝ち誇ったように輝いた。

「すごい！　ぼくが見てきた過激な夢のなかのきみより、信じられないほど美しい。いや、あれは悪夢かもしれない」テオは苦々しげに歯ぎしりした。

彼にきつく抱かれていなければ、ウィローはその場にくずおれそうだった。つのる快感に体が震えだす。彼の目には激しい欲望と飢えがあらわになっている。

「きみをふたたび味わわなくては」テオはかすれた声で言った。「これが夢ではなく現実だと納得するためにも」

彼の唇が喉を這いおり、胸の頂をむさぼる。ウィローは鋭く息を吸い、片手でテオの肩をつかんだ。もう一方の手を彼のシャツのなかに忍ばせ、熱くなめらかな肌を撫でると、彼の体が反応するのがわかった。突然テオが彼女の体を抱きあげ、さっきまで二人が座っていたソファの上に下ろした。

「きみもぼくが欲しいはずだ」彼女を見つめながら、テオはすばやくシャツを脱いだ。

彼の日に焼けた広い胸を見て、ウィローは目をみはった。彼に触れたくてたまらない。それを言おうとしたが、彼に機先を制された。

「言ってくれ、ウィロー。あのいまわしい一夜を分かちあったきみの口から聞きたいんだ」

ウィローは引きしまったハンサムな顔に目を凝らした。彼の目の奥に今にも爆発しそうな情熱が見える。けれど彼の口元に浮かぶいかめしいとも言えるほほ笑みが、彼女のもうろうとした頭に正気をもたらし、性に飢えた体の叫びを黙らせた。〝いまわしい一夜〟その言葉が頭のなかで鳴りひびく。彼女は急に立ちあがると、ブラジャーのホックをとめ、ドレスを肩まで引っ張りあげた。

なんてばかなの。羞恥心《しゅうち》と屈辱に襲われる。情熱に染まっていた顔が、今度は羞恥心で真っ赤になった。ウィローは背中のファスナーを上げようとした。だがなめらかな長い髪が邪魔をした。

「ウィロー」大きな手が伸びてきた瞬間、彼女は飛びのいた。

「さわらないで」押しの強い巧みな彼の手管にまたしても屈した自分にウィローは愕然《がくぜん》とした。

「考え直したのか」あざけるような口ぶりは、過敏になった彼女の神経を逆撫でした。

「気をつけたほうがいい、ウィロー。男なら誰でも、ぼくのような自制心を持ちあわせているわけじゃない」テオは彼女の背中をこちらに向け、豊かな髪を持ちあげてファスナーを上げた。「いいよ」ふたたび彼女を自分のほうに向き直らせる。

黒い瞳に宿る憤りを見て、ウィローは身をすくめた。自分は彼をそそのかすという許しがたいことをしたのだ。それは否定できない。

「そんなに怖がらなくてもいいさ。女性を無理やり抱いたことはないから」

「じゃあ、もう放して」ウィローは声を震わせた。また抱かれたら、ほんのひと押しでわれを失いそうだ。彼女は乾いた唇を舌で湿らせた。そのしぐさを見て、テオの目が光った。

彼女は言うこととすることが矛盾している。

「本当にいいんだね、ウィロー？」テオはまた誘いかけた。「心変わりは女性の特権だ」

黒い目が彼女の目をとらえた。ウィローは、彼の目の奥でくすぶる官能の炎に催眠術にかけられたように、ただじっと見つめた。「最初に出会ったときは、まだ機が熟していなかったのかもしれない。ぼくらはもうお互いに大人だし独身だ。よりを戻しても、誰も傷つけない。きっとすばらしい経験ができると約束する」

声は低く、舌から転がり出る言葉は溶けたチョコレートのように魅惑的だ。次の瞬間、テオが引きしまった唇を心持ちゆがめてにっこりした。

そんなふうにほほ笑む人間をひとりだけウィローは知っている。とりわけ彼が何かを求めているときは……。「いいえ……だめ」ウィローは彼の手を振りほどいた。「だめよ」

「わかった。だめは一度でいい。疲れているんだろう。その言葉を信じるよ」

「いいの？」ウィローはテオの口調にひそむ皮肉に気づいていなかった。彼の体がすっかり目覚めていることを思うと、その自制心に驚かされる。

「ああ。でも朝になったら一緒に朝食をとってもらうよ。明日は何時にホテルを出る？」

「十時発の列車だから、九時ごろには出るわ」彼の潔い態度に驚き、彼女は正直に答えた。

「だったら、階下《した》のレストランで八時に。そのとき話をしよう。きみが朝食をベッドでとりたいというなら別だけど」テオが長い指で顎を持ちあげると、ウィローがあえいだ。

「冗談だよ。前回はきみに襲いかかったけど、二度と同じ間違いをするつもりはない。じゃあ、明日の朝八時に」テオは彼女の頭のてっぺんにすばやくキスをした。

4

ウィローはキングサイズのベッドに仰向けに横たわり、なんとか眠ろうとしていた。テオのスイートルームを気まずい思いで、正直に言うなら、欲求不満に体をほてらせて出てから、一時間がたっている。彼女の体はいまだにうずいていた。こんなふうに感じさせる男性はほかにいない。この数年、彼女は二人の男性としかデートしていなかった。最近の相手はデイブという開業医で、愉快な人だ。気心の知れた相手だけれど、キスまでしか進んでいない。なのに、テオにはなぜこんなにころっとまいってしまうの？

涙で目の前がかすんだ。人生で最高の一日になるはずが、ひどい結末になってしまった。涙が頬を伝う。きのうまで、テオ・カドロスは自分にとってなんの価値もない人間だとののしり、この九年間、彼は軽蔑《けいべつ》にも値しないと信じて生きてきた。その思いは変わらないが、今日彼と再会して、自分のとった行動に疑問を持つようになった。

深いため息がもれる。テオの子供を産んだことを秘密にしていた。それをもし彼が知ったらどうするだろう……彼女は考えもしなかった。けれど当時はそうするのが正しく、それしか道はないと思ったのだ。

目を閉じると、あれからインドに着いて、母とともに過ごした最後の日々が思い出された。

あの晩、テオは避妊具を用意していたので、妊娠するとは思ってもみなかった。彼が空港で妊娠の可能性を匂《にお》わせたのは、その後も連絡をとるための方便にすぎないと思った。彼に腹を立てていたし、自分を恥じていたし、若さゆえの潔癖性でウィローは白黒はっきりさせたかった。彼は若い女性なら誰でも喜んでベッドに誘う女たらしだ。週末を一緒に過ごそうという提案も、彼女を部屋に帰らせる口実にすぎない。彼には世界中に恋人がいるのを、哀れな婚約者は何も知らないに違いない。

ウィローは九月からオックスフォードで英語の講読の授業を受ける予定だったので、テオ・カドロスのことを頭から追いやり、インドで母と休暇を楽しむつもりだった。経験豊富で洗練された男性の誘いに屈して悲惨な過ちを犯したのもひとつの経験。そこから教訓を得て乗り越えようと思っていた。

やがて、母が娘の体調を気づかいはじめた。ウィローは体のだるさや、ときおり起こる吐き気が、インドの暑い気候や心に傷を受けたせいだと思っていた。二カ月近くたったころ、母に連れられて病院へ行き、妊娠していることが判明した。

母は、イギリスに戻って大学の入学を一年延期する手続きをとるよう説き伏せ、すぐに子供の父親に連絡をとりなさいと言った。

ウィローはしぶしぶ従った。母にはおなかの子の父親は友達の兄で、しばらく前からつきあっているとほのめかした。一度きりの行為だとは言えなかった、あまりにも屈辱的だったから。ウィローはロンドンに戻り、妊娠を打ち明けるためテオを訪ねていった。現場監督はもう行くには行ったが、建物は一流企業の入るテナントビルに改築中だった。現場監督はもとの持ち主の連絡先はわからないと言った。

ウィローは悲観し、デボン州の生家に戻った。母に電話して、別れたボーイフレンドは現在外国にいると伝えた。母はあと十日もすればインドでの任務が終わるから、イギリスに戻ったら二人で彼に連絡をとろうと言った。

けれど母がイギリスに戻ることも、ウィローが母に会うことも二度となかった。

ウィローは寝返りを打ってうつぶせになり、枕《まくら》に顔をうずめた。もう何年もたつのに、母を思い出すと、いまだに涙がこみあげる。母は勤め先のイギリス大使館から街の中心地のアパートメントまで帰る途中、暴動に巻きこまれた。インドの軍隊は暴徒に威嚇射撃をしたが、不運にも弾丸が建物にはね返って、ウィローの母に当たったのだった。即死だったという。

外務省はとても協力的だったが、ウィローは妊娠しているうえに、半年のうちに祖母と母の両方を失い、絶望の淵《ふち》に立たされた。

その後、何カ月も悲嘆に暮れていた。なんとかやっていけたのも、祖母の隣人、テスの助けがあったからだ。妊娠七カ月目に彼女はようやく闇《やみ》から抜けだし、おなかのなかで育っている子供に気持ちを向けられるようになった。今こそ、母が望んでいたように子供の父親に告げるべきだ。

カドロス一族が経営する会社のイギリス支社の住所を書いたメモをポケットに忍ばせ、ロンドン行きの列車に乗ったウィローは、暇つぶしに買った雑誌を開いた。その目に飛びこんできたのは、テオ・カドロスとダイアンの結婚を報じた記事だった。幸せそうな二人の写真が何枚も載っていた。ウィローは次の駅で列車を降り、家に引き返した。

眠りをあきらめ、ウィローは起きあがってベッドの端に座った。涙に濡《ぬ》れた目を手の甲でぬぐう。悲嘆や自己憐憫《れんびん》に浸るのはいやだ。もう何年も前に決断を下したのだから、そのままの方針でいくしかない。今さら変えても……。

そうなると今いちばん避けたいのは、朝食の席で、いえ、どんなときでも、テオ・カドロスと顔を合わせることだ。

午前二時半。こんな時間にデボン州まで戻る列車はない。どうしよう？　彼女は、自作の映画化の権利を莫大《ばくだい》な金額で売りわたす書類にサインしたばかりだった。余裕がないわけではない。事態は急を要する……。

ウィローはすばやく顔を洗い、ジーンズとチェックのシャツを着て、青いラムウールのセーターを上に重ねた。小さな旅行鞄《かばん》に荷物を詰めて部屋を見まわす。テーブルの上のパンフレットを急いでめくり、求めている電話番号を見つけた。受話器をとって番号を押し、迎えの車を頼む。車は十分で来てくれるという。

ホテルの宿泊料金は払わなくてよかった。出版社がとった部屋なので、向こう持ちだ。彼女はエレベーターに乗らず、三階の部屋から階段を使って下りた。下りた場所が出口のドアに近く、ロビーを横切る必要がなかった。うっかり誰かに見られてはまずい。

「タクシーをお呼びしましょうか？」ドアマンが眠そうな目をこすりながら尋ねた。

「いいのよ、車が迎えに来るの」ウィローは彼に部屋の鍵《かぎ》とチップを多めに渡した。

ドアマンはぱっちり目を覚まし、まばたきもせずに歩道まで彼女についていった。

ウィローは出迎えた車の後部席に乗りこみ、ほっとため息をついた。「道はわかる？」女性の運転手が振り返り、陽気に笑いかけた。「ええ。ここへ来る途中、調べたわ。こんな高額の運賃は何カ月ぶりかしら」

ウィローはようやくシートにゆったりと身をあずけ、目を閉じた。ホテルから、そしてテオ・カドロスから逃げだせて、すっかり安心していた。車の単調なエンジン音に眠気をもよおす。ほどなく彼女は眠りに落ちていった。

くそっ！　クリスタルのグラスにウイスキーをつぎながら、テオは罵声《ばせい》をもらした。またしてもあの小悪魔にしてやられた。だが今度は前と違い、ずいぶん慎重に行動したつもりだ。

彼はものすごい自制心を働かせて彼女を部屋から帰したあと、ウイスキーのボトルを半分ほど空けた。ふだんはそれほど飲まない。酒でさんざん痛い目にあったから。

九年前ウィローが空港から飛び立ったあと、テオは裏切られた思いで怒り狂い、彼女を忘れ去ろうとして酒に溺《おぼ》れた。それが誤った判断を招き、ダイアンとよりを戻して結婚に同意した。彼女は弁護士としては優秀だが、妻となると失格だった。結婚生活は、たちまちテオを正気に引き戻した。それから彼は妻がほかの男とベッドにいるのを発見し、離婚は避けられないものとなった。それについては後悔していない。

マスコミが流している風聞と違い、テオは世間が言うようなプレイボーイではなかった。離婚後、ガールフレンドは三人いた。最近の相手はクリスティンで、彼女はアテネに住んでいる。このごろでは、跡取りを産んでもらいたいという理由だけで彼女と結婚する気になっていた。彼にとっては仕事がすべてだった。今朝ホテルの受付でウィロー・ブレインがエレベーターから降りてくるのを見るまでは、そんな人生に満足していた。

ウイスキーを飲みほすと、テオは夜勤の受付係に電話をかけ、指示を与えた。朝六時半に電話で起こしてくれ。ミス・ブレインがチェックアウトしようとしたら、ただちに伝えるんだ。今度こそウィローはそう簡単に逃げられはしない。

朝八時、テオははらわたの煮えくり返る思いでホテルの名簿に目を通した。ウィロー・ブレイン。ヘンコン出版社気付。住所もある。

「彼女は何時に発《た》った？」テオはおどおどした支配人を冷ややかに問いつめた。

「夜勤のポーターによると、朝方の三時ごろで、車が迎えに来たそうです」

テオは仕事では洞察力の鋭さや頭の回転の速さで有名だが、そのときばかりは居合わせた従業員を全員くびにしそうなほど気が動転していた。ウィローの行動が不可解だった。たしかに、ゆうべ彼女とのあいだには性的な高まりが生じた。あともう少しで彼女をベッドに誘えたのに。

ウィローはぼくとの関係を新たに始めたくないのだろうか。それならそうと言えばいいだけだ。なぜ夜中の三時に逃げださなければいけない？　まったく謎《なぞ》だ。

そうか。引きしまったテオの口元が苦々しげにねじれた。ウィローは推理作家だ。自ら謎を提示したわけだ。予期してかかるべきだった。とはいえ、彼女が何か隠しているのは間違いない。それを突き止めるまでテオの神経は休まりそうになかった。

川を見下ろす場所に立つ草葺《ぶ》き屋根のコテージの前にタクシーが止まったのは、朝の八時だった。ウィローは運転手に代金を払い、安堵《あんど》のため息をついて家に入った。ゆうべスティーブンは百メートルほど先のテスの家に泊まった。彼女は午後になったら迎えに行くことになっている。

見慣れた玄関ホールを見まわし、ウィローはにっこりした。深夜にロンドンを発ったのは過剰反応だったかもしれないけれど、ともかくわが家に帰ってきたのだ。すばらしい気分だった。寝室に駆けあがり、ベッドに小さな旅行鞄をのせてきぱきと荷物を片づける。それから、すばやくシャワーを浴びて髪を洗い、鏡の前に立ってタオルで髪を乾かそうとした。鏡に映る自分の体を見ていると、テオの顔が近づいてきて、胸の先端を口に含んでいる光景が鮮やかによみがえった。ほっそりした体に熱いものが駆けめぐり、思わずうめき声がもれそうになる。だめ。心が叫んだ。何もかも過去に葬ることで生きてきたのだ。ウィローは必要以上に力を入れて髪を拭《ふ》きつづけた。

寝室の窓辺に立ち、早朝のまばゆい日差しにきらめく川の景色を眺めているうちに、ふたたび笑みが浮かんだ。これこそ今の生活だ。たとえ死ぬまでひとりの男性もいないとしても、それが何？　男性は必要ない。スティーブンがいるかぎり。

彼女は清潔な下着の上から、ふくらはぎまであるインド綿のカラフルなドレスを身につけた。底が平らなサンダルをはき、長い髪を後ろに払って階段を下りていく。

手早く朝食をこしらえ、テスの家に電話を入れてスティーブンを驚かせた。いつものようにあの子を学校まで送っていこう。都会への遠出は二度としないと彼女は心に誓った。

スティーブンを残して家を空けたのはきのうが初めてだったが、この経験を繰り返すつもりはない。

十分後、ウィローはテスの家の門を開けた。玄関ドアが開き、飛びだしてきた元気な息子を見て、彼女の胸は大きくはずんだ。

「ママ、おかえり。すっごく面白かったよ」スティーブンは猛烈な勢いで庭の小道を駆けてきた。後ろからテスが笑顔でついてくる。「新聞社の人が来て、ぼくにインタビューしていったんだ。写真も撮ったよ。新聞に載るかもしれないって。ママはお金持ちになるんだって、その人が言ってた」

ウィローは凍りついた。「すごいわね」なんとか答えると、息子の細い体を抱きあげ、彼が悲鳴をあげるほど強く抱きしめた。

「下ろして、ママ。ぼく、もう八歳だよ。子供じゃないんだから」

ウィローは仕方なく息子を下ろした。

「気にしないでしょう?」友人のテスがにこにこして言った。「あなたの受賞を村のみんなが喜んでいるわ」

「ありがとう」ウィローは笑顔をとりつくろった。内心スティーブンの写真が新聞に載ることを考えて怯《おび》えていた。

テスはそんな彼女の様子に気づくふうもなく話しつづける。「なぜこんなに早く戻ったの?」

「それは……」

「スティーブンを学校まで送っていきたいのね。帰りに寄ってちょうだい。コーヒーをいれて待ってるわ。話が聞きたいのよ」

スティーブンは二百メートル先の小学校までずっとおしゃべりしていた。ウィローにとって息子の話をうわの空で聞くのは初めてだった。気が動転している。新聞といっても地元紙だ。読者は多くない。取り越し苦労よ。そう自分に言い聞かせる。

息子の興奮した顔を見ながら、自分の決断は正しかったのだろうかとウィローは自問した。生まれたとき、スティーブンはテオにそれほど似ていなかった。紺色だった目は、数カ月後、黒褐色に変わった。村の人たちは、彼が黒い巻き毛なのでウィロー似だと言った。だが大きくなるにつれ、巻き毛はまっすぐになり、肌の色は彼女よりずっと黒くなった。しだいに父親の面影が見えてきた。

「それでね」スティーブンが言う。「その人がぼくのお父さんは誰かきいたんだけど、テスがその人にやめろって言って帰したんだよ」

「そうなの?」ウィローはいきなり甲高い声を出した。〝お父さん〟という言葉が弾丸のように胸に突き刺さった。「テスの言うとおりよ」ふいに神妙な顔をした息子を見てほほ笑んだものの、ますます不快になった。

「ママ、ぼくのパパは誰かと結婚して遠いところにいるから、どうしているかわからないって言ったよね。ママがお金持ちになったら、パパを捜せるんじゃない？　学校は今日で終わって来週は中間休みだから、明日からパパ捜しを始められるよ」

スティーブンのあまりにも無邪気な目を見て、ウィローの胸は締めつけられた。

「それもそうね」息子に嘘《うそ》をついていると思うとぞっとする。でも本当に嘘なの？　いずれスティーブンが父親に会いたがる日が来ると心のどこかで思っていたし、きのうからの出来事でその思いはいっそう強まった。ウィローは息子に笑いかけた。「とにかく休暇は二人で楽しみましょう」スティーブンと一週間どこかへ旅行するのが、ふいに名案に思えてきた。一週間後に戻ってきたころには、マスコミの騒ぎもおさまっているだろう。

校庭に近づいたとき、息子の友達のトミーが駆け寄ってきた。スティーブンは父親のことなどすっかり忘れたように、母を振り返りもせず、友達と楽しそうに学校に入っていった。その姿を見て、彼女もほっとした。

「さあ、ウィロー！」テスが言った。「何から何まで教えてちょうだい。ミスター・カラビッチはやっぱりハンサムでセクシーだった？　彼はあなたをお金持ちにしてくれそう？　これはいちばん大事なことなんだけど、あなたの好みなの？」

テスの家のキッチンテーブルでコーヒーを飲みながらウィローは笑った。「どうかしら」正直に答える。「魅力的なのはたしかよ」

そうなのに、疲れているみたいよ」テスは顔をしかめた。「あんな賞をもらったんだから浮かれてもよさ
「ええ、少しね」ウィローはいとまを告げる口実をくれたテスに感謝して、腰を上げた。

「車で長距離を帰ってきたからくたくたなの。スティーブンの面倒を見てくれてありがとう。どんなに感謝しているか。買い物をしてきたら、ひと休みするわ」

「そうしてちょうだい。わたしったら、気がきかなかったわ。またあとでね」

「午後スティーブンを迎えに行ったときに、ちょっと寄るわ。明日から学校が休みだから、あの子と去年行ったファルマスやフランスまで旅行しようかと思ってるの。あの子は船旅が好きだし、とてもいい子だったから、ごほうびよ」

「いいわね。だったら、あなたは今のうちにたっぷり睡眠をとっておくべきよ」

三十分後にはウィローは家に戻ったが、睡眠をとるどころではなかった。郵便局のまわりに集まった村の半分の人たちから祝福の言葉を受け、タブロイド版の全国紙に載った彼女の写真を誰かに褒められたのだ。彼女はぎょっとして穴のあくほど写真を見つめた。それは、きのうホテルの玄関ホールに立っていたときに撮られた写真だった。ただし、彼女と並んでスティーブンの姿も写っている。コンピュータや先端技術のたまものだ。

頭から不安を追い払おうと、ウィローは家のなかを隅から隅まで掃除し、磨きあげ、猛烈な勢いで体を動かした。スティーブンの寝室でしばらく足を止め、苦笑を浮かべる。よ

ちよち歩きのころ息子が大好きだった機関車トーマスの壁紙は、今ではしゃれた青い壁紙に替わり、彼の大好きな車のポスターが貼《は》られ、机にはコンピュータが置かれている。スティーブンは八歳。パパを捜しに行こうと息子が言いだしたのもその証拠だというのに。ウィローはあまりに長いあいだ、それを無視してきた。日々成長をとげているのだ。

将来を考えると不安になる。横になって休むのはあきらめ、ウィローは階段を下りていった。スティーブンの望みはあの子が期待しているよりずっと早くかなうかもしれない。そんな恐ろしい予感にさいなまれた。大丈夫、テオ・カドロスはまだロンドンにいるもの。それに、彼のような男性は経済紙しか読まないに決まっている。そう自分に言い聞かせても、彼が秘密を見つけるのではないかという不安は消えてくれなかった。

テオは『フィナンシャル・タイムズ』にざっと目を通し、会合の場所まで運んでくれる車を待っていた。だが仕事は頭になかった。ヘンコン出版社に電話してウィローの住所を尋ねたが、教えてもらえなかったのだ。

「ミスター・カドロス」

「なんだ?」テオはホテルの支配人にはねつけるように答えた。

「これはいつもお読みになっている新聞ではありませんが、興味をお持ちになるのではないかと思いまして」一流ホテルの支配人として、彼は人間がかかわるとすばらしい洞察力を発揮する。このとき彼は、ミスター・カドロスがこれに興味を持ち、大いに感謝してくれるかもしれないと思ったのだ。「この写真はとてもよく撮れています。どうです?」彼は該当するページを折り曲げた新聞をさしだした。

テオは写真を見下ろし、隣のもっと小さな写真を見てから、ふたたびもとの写真に視線を戻した。大きく見開いた目が怒りに輝く。写真に添えられた記事を読むにつれ、表情が険しくなっていった。

本年度の推理小説作家賞受賞作『第一級の殺人』の作者J・W・パクストンが、男性ではなく女性だったとは! 彼女の本名はウィロー・ブレイン。このとおり、すばらしい美貌《びぼう》の持ち主だ。

受賞一時間後には、アメリカの著名な映画プロデューサー、ミスター・カラビッチが彼女の作品の映画化権を買いとった。

ウィローは作家であると同時に、一児の母親だが、結婚歴はなく、女手ひとつで育ててきた息子とともにデボン州で暮らしている。

テオは携帯電話をとりだし、大声で指示を与えた。それから続けざまにもう一度電話をかけ、その日の仕事の予定をすべてキャンセルした。

5

ウィローはファルマスのホテルに翌日の予約を入れ、荷造りをすませて、早朝に出発する準備を終えた。家を一週間離れるのは、母と息子どちらにとってもいいことだ。父親捜しに関しては……。息子に嘘《うそ》をつくのはいやだった。でも休暇のあいだに、父親が誰かスティーブンには知る権利があると思えるようになるだろう。息子が父親に会うことも受け入れられるかもしれない。だけど今はまだ……。

ゆうべテオと飲んだのは失敗だった。彼女はプライドと自信をひどく傷つけられていた。大人の女性としてうまく切り抜ける自信があったのに、相手がテオとなると、十八歳のときから少しも成長していない自分を思い知らされた。

ゆうべは彼の腕から逃れたが、それも自分の体がテオ・カドロスにたちまち反応し、そんな相手は彼だけだとはっきりわかったからだ。あれは単なる肉体的欲望にすぎない。彼の息子の存在を告げるとしても、自衛の策を講じる時間が必要だ。

埃《ほこり》ひとつなくなった家で体を休める気にもなれず、ウィローは庭に出た。川辺をぶらつけば、混乱した頭や気持ちが静まるだろう。小道の両側に生えている花のなかにあざみを見つけ、厄介な雑草を引き抜いた拍子に、てのひらにとげが刺さった。ウィローはいまいましげに声をあげたが、こんな痛みなど自分の愚かさを思えばなんでもない。編集者に説得されて自作を推理小説作家賞にノミネートさせたり、ロンドンの授賞式に出席したり。すべて自分が悪いのだ。

祖母がいつも言っていた。〝うぬぼれていい気になっていると、ひどい目にあうよ〟と。道理をわきまえれば、マスコミの前に姿をさらすような危険は冒せないし、ましてや……。

車が近づいてくる音に、ウィローは背中を伸ばした。狭い道路を占拠するほど大きな黒いメルセデスが、彼女の庭の前で止まった。ドアが勢いよく開いて長身の男性が降り立ち、車をはさんで鋭い視線が向けられた。ウィローは体中の血が凍りつくのを感じた。彼はきっと新聞を見たに違いない。

彼女を頭のてっぺんから爪先まで眺めるテオのまなざしは険しかった。美しい顔を縁どるつややかな黒髪が風に吹かれて肩の上でもつれ、長いコットンドレスがほっそりした体にまつわりついている。むきだしの両腕、張りのある白い胸のふくらみ、さらに足首へと視線を這《は》わせる。彼女を殺したいと言っても嘘ではない。

テオはかつて彼女の純潔を奪い、彼女の年齢を知ったときには自分をひどく恥じた。怒りや罪悪感にさいなまれ、意気阻喪した。あげくにダイアンとよりを戻し、結婚に至ったが、それも長くは続かなかった。彼に抱かれて激しく乱れるウィローのすばらしい体が頭に焼きついていたのだ。

ゆうべは運命の女神が自分にほほ笑み、もう一度チャンスを与えてくれたと思った。しかし、もはやそれはない。彼女は同情に値するほど無邪気でもないし、もともとそんな女性ではなかったのだ。彼女は秘密主義で、テオや彼の家族に対して許されない罪を犯した。何がなんでも彼女にその償いをしてもらわなければ。

「まさしく大地の女神だ、美しい」テオはからかうように言い、車の前をまわっていった。

ウィローは自分の目が信じられず、その場に立ちつくしていた。そこにいるのはテオ・カドロスだけれど、そんなはずはない。ロンドンからここまで車で五時間。それも深夜でほかに車が走っていなかったからだ。ロンドンを朝発《た》ったとしても、こんなに早く着くわけがない。

「どうした？　なぜ黙っている、ウィロー？」庭の門を開け、しなやかな身のこなしで近づいてきたテオは、ウィローから数センチのところで立ち止まった。彼女の心臓は激しく打った。「猫に舌でもとられたか？」氷のように冷ややかな黒い瞳が彼女の目を見下ろす。

「こんにちは、テオ、また会えてうれしいわ」ウィローは礼儀正しく答え、とまどいながら彼の後方の車を眺めた。「ここまでどうやってきたの？」

「自家用ジェットだ。夕方ギリシアに飛ぶ予定だったのを変更して、エクセター空港まで飛んでもらった。そこから車で小一時間だ」

「そうだったの」ウィローは不安になった。テオは体をこわばらせ、挑戦的に光る目でじっと見つめている。自分は息子を守るためにこの男性と闘えるのだろうか？　富と権力をそなえ、自家用機に飛び乗って瞬時に彼女の家の前まで来られる男性と。それより何より、自分には息子を守る権利があるのか？　もはやその確信もない。

「やあ、ウィロー！　受賞おめでとう」門のほうから声がした。

ウィローはテオの肩越しに目をやり、自転車で自宅に向かうテスの夫ににっこりした。

「ありがとう、ボブ」彼に手を振る。

「ちくしょう！」テオが突然声を張りあげ、彼女の腕を強くつかむと、開いた玄関からなかに引きずりこんでドアを閉めた。「きみみたいに質《たち》の悪い女性に会ったのは初めてだ。ぼくに息子がいることをなぜ黙っていた！」

「どうしてここがわかったの？」出版社は彼女の住所をもらすはずがない。いいえ、テオならとことん探りだそうとするし、それだけの力がある。「とにかく、どうしてわたしの息子があなたと関係があると思うの？」落ち着いて言ったつもりが、内心ぶるぶる震えていた。

「しらばっくれるな」テオは彼女の腕をつかむ手に力をこめた。「新聞で写真を見たし、子供の誕生日を登記所で調べた。驚いたことにあの子はこの場所で生まれたんだ。それを突き止めるくらい簡単さ」

「やめて」探るような視線を避けてウィローはうつむいた。最悪の不安が現実になった。

「否定するのか？」彼女の返事を誤解し、テオはさげすむように吐き捨てた。「きみが法廷に立つ姿が目に浮かぶよ。きみは卑しむべき嘘つきだと証明してやる。本気だとも、ウィロー。ぼくにはそれだけの力もある」

彼の声にひそむ脅威に、ウィローは背筋がぞくりとするのを感じた。

「きみは八年間、ぼくから子供をとりあげてきたんだ」テオは空いているほうの手で彼女の顎をつかみ、上を向かせた。「後ろめたくて、ぼくの顔をまともに見られないのか？今さら遅すぎる。きみは子供をとりあげた、それはぼくからだけじゃない」感情を押し殺そうとして顎がこわばっている。「父は三年前に亡くなったが、死ぬ前にぼくの家族を見たがっていた。自分に孫息子がいることも知らず、父は墓に入ったんだ。それもすべてきみのせいで。これ以上嘘はやめろ。息子はどこにいる？今すぐ会いたい！」

「三時半まで学校よ」ウィローは観念して真実を伝えた。「あなたには申し訳ないと……」

憎々しげな目と目が合い、ありきたりの謝罪の言葉は喉の奥に消えた。スティーブンが生まれたとき、子供の父親に知らせることはおろか、孫の誕生を心待ちにしている老人がいるなど、考えもしなかった。

「へえ、すまないと思っているのか。当然だな」テオはますます強く腕をつかんでくる。

「痛いわ」肉体の痛みを受けて、ウィローは本来の性格をとり戻した。テオの父親にやましさを感じるのはやめよう。もしも彼が浮気者でなければ、スティーブンが生まれたとき彼が結婚していなければ、事態は違っていた。悪いのは享楽的な生活を送っていたテオのほうだ。

「きみには苦痛がどんなものか、まだわかっていない……」テオは温かみのかけらもない微笑を浮かべて彼女の腕を放し、羽目板張りの小さな玄関ホールを見まわした。

彼女から目をそらす必要があったのだ、生まれて初めて女性に暴力をふるいそうになったから。テオは懸命に怒りを抑え、玄関ホールの両側にあるドアを見た。一方は居間で、もう一方は書斎兼食堂になっている。後方にある三番目のドアの先はキッチンで、狭い急な階段が二階に続いていた。

「推測すべきだった」テオはかぶりを振った。ここは完璧《かんぺき》な隠れ家だ。友人たちが彼女を〝もぐら〟と呼んだのももっともだ。

何を推測するというの？　ウィローは警戒し、彼の指の跡がついているむきだしの腕をそわそわとさすった。テオの大きな体は小さな玄関ホールを占拠するようで、息がつまりそうだ。なんとか彼を追い払う方法はないものかと彼女は考えを巡らした。

かんしゃくのおさまったテオは、皮肉な目で彼女を見ている。「きみは朝食の約束を破ったんだから、昼食を用意してもらおうか」彼は開いているドアから居間に入った。

昼食を用意しろですって！　ここへ来て二分とたたないうちに、もう命令するの。ウィローはひそかに息巻いたが、彼が何に遭遇するかわかっていたので、黙ってついていった。彼に注意するのはやめよう。勝手にダメージを受ければいい……。

漆喰《しっくい》塗りの天井に低い梁《はり》が渡された居間には、子供のころから見慣れた祖母の古い家具や飾り物が並んでいた。ウィローは部屋のいくつかを現代風に改造したが、基本的には十七世紀のスタイルをそのまま踏襲している。

テオは低い梁にぶつからないよう器用に頭を傾け、部屋のまんなかで振り返った。うまいものだとウィローは感心したが、それも当然かもしれない。ビジネスの世界で器用に身をかわしてきたからこそ、彼は大富豪になったのだから。このときほど彼が遠い存在に、外国人に、そしてギリシア人に見えたことはなかった。そんな彼を相手に、どうやってスティーブンの件で和解できるのだろう。

「きみはニックネームの〝もぐら〟そっくりだ」テオは片方の眉をつりあげた。「黒光りする梁のある古い建物に引きこもって、自分とぼくの息子を周囲から隔絶し、地図にも載らない小さな村の川を眺めて過ごしている」

家庭や暮らしについて、誰にもとやかく言わせるものですか。自家用ジェット機で飛びまわる、女好きの億万長者だろうと、絶対に許さない。彼が妻のダイアンのために建てた巨大な屋敷を雑誌で見たが、ウィローはなんの感銘も受けなかった。

「ここが好きなのよ」ぴしゃりと言う。「スティーブンもね。ここはわたしたちの故郷《ふるさと》なの。友達もたくさんいるし、幸せに暮らしているわ」

彼のあざけりは神経にさわった。祖母と母親を相次いで亡くしたとき、村の誰もが十八歳の妊婦の味方になってくれた。生まれてからずっと住んでいるこの家はウィローの聖域だった。住宅ローンはないし、母親の生命保険や彼女自身の著作料があるので、ここで友人たちに囲まれて息子と二人、平穏に暮らしてこられたのだ。

ウィローは大学進学を断念したが、ここを離れて暮らしたいとは思わなかった。赤ん坊を託児所にあずけてまで外で働きたくない。けれど、この居心地のいい生活を脅かすものを避けて通ってきたことも事実だ。

スティーブンがいずれ父親に会いたがるのは覚悟していたし、何か手を打たなくてはいけないと思っていた。もしかしたらテオ・カドロスを捜す第一歩として、無意識のうちに編集者がロンドン行きを勧めてくれればいいと思っていたのかもしれない。

それにしても、彼にこの家をけなされるのは心外だ。ウィローは彼の顔を鋭く見上げた。

「あなたが勝手に入ってきたのよ、テオ。昼食にも招いていないわ。だから好きに帰ってちょうだい」

「今度はそう簡単に追い払われるものか」テオは長身の体を革製のソファに沈め、感情を表さない目で怒りに燃える彼女の目を見た。「息子を手に入れるまではな」

欲しいものは必ず手に入れる男性の自信にあふれた宣言だった。金も力もあるテオ・カドロスに勝てる人間がいるとは思えない。ウィローが八年間なんとかテオの裏をかいてきたこと自体が奇跡だ。彼の尊大な宣言に直面して、将来に対する彼女の不安は何千倍にもふくれあがった。

「あの子はあなたの息子じゃないわ」ウィローは挑むように目を光らせた。「あの子は——」

「何を言う！」テオはさっと立ちあがると彼女の髪をつかんで手首に巻きつけ、引っ張った。もう一方の腕で彼女の腰を抱いて強く引き寄せる。「この期に及んで、ぼくと駆け引きしようというのか」

彼の黒い目が凶暴さをおびて輝くのを見て、ウィローはぞっとした。だが脅しに屈するわけにはいかない。スティーブンは自分の息子だ。あの子のために闘わなければ。

「手をどけて——」ふたたび強く髪をつかまれ、あとが続かなかった。

「首を絞めてやりたいところだが、きみは縛り首にも値しない」テオは顔を近づけ、息もできないくらい乱暴に彼女の口を唇でふさいだ。

体がぴったり押しつけられているせいで、ウィローはいやでも彼の大きな体を意識した。黒い瞳に無慈悲なものが見えたとたん、舌が唇を割って侵入し、彼女の口のなかを容赦なく探る。それは愛とは無縁の凶暴な情熱で、相手を罰して支配しようとする男性の欲望でしかなかった。

ウィローは抵抗しようとしたが、後頭部を押さえられていて動けない。テオは彼女の腰にまわした手に力をこめ、彼女のおなかを自分の下腹部に押しつけた。ウィローはたちまち、彼の欲望のあかしに気づいた。責めたてるようなキスが様子を変え、彼女の体の奥に危険な火がついた。

ウィローはきつく目を閉じた。こんなことをしてはだめと心の声が叫んでいる。テオのすさまじい情熱に揺さぶられてはいても、彼が男性としての力を利用して彼女を辱めようとしているのだとわかった。彼の唇や舌がみだらに動き、腰に当てた手が胸のふくらみまで上がった。ドレスのボタンがいくつか器用にはずされると、ウィローはまたしても彼のとりこになりそうだった。

彼女はブラジャーをしていなかった。テオの手が胸のふくらみを包み、その頂を指でもてあそぶ。ウィローは欲望とあきらめの入りまじった低いうめき声をあげ、ほっそりした両腕を思わず彼の首に巻きつけた。そして、体のなかを突然流れだした情熱の獰猛《どうもう》なうねりに屈した。

テオがゆっくり頭を起こした。「これでいいんだ、ウィロー」荒々しく言う。彼の長い指はいまだに彼女の両の胸をゆっくりと行き来し、痛いほど硬くなった先端をもてあそんでいる。

テオは瞳のなかの欲望を隠しもせず、ウィローを見下ろしていた。彼女と同じように息づかいは荒く、顎の筋肉がぴくぴくしている。だが声は驚くほどしっかりしていた。

「きみとの取り引きはこのとおり簡単だ」

怒りのくすぶる目が勝ち誇ったように輝くのを見て、ウィローはぞっとした。

いったいわたしは何をしているの？　彼は息子が欲しいだけ。なのに、この二十四時間で二度も彼に抱かれ、ドレスをなかば脱がされて、のぼせあがったばかな女のように彼を見つめている。ウィローは自分のもろさに愕然《がくぜん》とし、彼の腕から身を振りほどいて部屋を飛びだした。キッチンに駆けこみ、ドレスのボタンを手探りではめた。屈辱感や困惑で脚がふらつき、その場にくずおれそうだ。

ウィローは流しに身を乗りだして蛇口をひねり、ほてった体を冷まそうとして必死で顔に水をかけた。今必要なのは熱くて濃いコーヒーだ。ゆうべは長い夜だったし、今朝はさらに悩ましかったので、冴《さ》えた頭で落ち着いて考えなくてはいけない。彼女はやかんに水を入れ、震える手で棚のなかのコーヒーをとろうとした。

「ここにいたのか」

さっと振り向いたウィローは、宿敵テオ・カドロスがキッチンに入ってくるのを見て、コーヒーをとり落としそうになった。

彼はネクタイをとり、シャツのボタンをはずして、日に焼けたたくましい胸元をのぞかせている。ウィローは大きく息を吸った。ついさっき自分がその首に親密に腕を巻きつけていたことを思い出すと、頬が熱くなる。ずるい。彼はいちだんと魅力的で、完全に落ち着き払っている。

「コーヒーか、いいね。カップを出そうか。あわてて出ていったのは、ぼくに昼食を用意するためか。腹ぺこだよ」テオは椅子を引いて腰かけた。「ここならくつろいで話せる」

ウィローは何か言えるとも思えず、黙って彼の顔を見つめた。テオは好奇心に満ちた目で部屋を見まわし、開け放たれた窓の向こうの裏庭やその先の畑を眺めている。

「この小さな家のいいところは眺めのよさだな」テオは困惑ぎみに頬を染めている彼女の美しい顔に視線を戻した。あわてて前ボタンをかけ違えたらしく、ほっそりした体を包むドレスの胸元から片方の胸がのぞき、その先端が見えている。「家のなかも外も、実にいい眺めだ」

紳士的に振る舞うなら彼女にボタンのことを教えるべきだとテオは思った。だが、あんな態度をとられたあとだけに、彼女に対して紳士的に振る舞うつもりはない。そのうち気づくさ。こっちはその眺めをゆっくり楽しませてもらおう。彼女の警戒したような表情を見て、テオの目は愉快そうに輝き、ハンサムな顔に微笑が浮かんだ。

あまりにも開けっぴろげな笑みにつられそうになり、ウィローは無理やり視線を引きはがした。「お世辞を言っても無駄よ」彼に背を向け、カップを二つとって作業台に音をたてて置く。「でもコーヒーはいれてあげるわ」それなら少なくとも彼に背を向けていられる。「本当におなかがすいているのなら、数キロ引き返せば、おいしいランチを食べられるパブやレストランがあるわ」

彼がひとりでパブに行ってくれれば、スティーブンを迎えに行く時間までに混乱した頭を整理できるかもしれない。

「まさか、ぼくがきみをそっとしておくと思っているわけじゃないだろうな」テオは部屋を横切り、彼女のわきの作業台にさりげなく寄りかかった。「それに、飢え死にしそうな人間に食事を出すのを断るほど残酷でもないだろう。きみのおかげで、ぼくは朝食をろくにとっていないんだ」

「飢え死にしそうにはとても見えないわ。でもそんなに言うなら、卵料理と手作りのロールパンを用意するわよ」テオと言い争っても無駄なのはわかっている。大事なスティーブンのためにも、かっとならないで冷静に話しあわなくては。

数分後、テオの前にチーズオムレツとサラダをのせた皿が置かれた。バターとかりっと焼けたロールパンを盛ったかごも添える。

ウィローは食欲がなかった。それどころか胸がむかついていた。だがテオは一緒に食べようと言い張る。せっかく直った彼の機嫌を損ないたくなかったので、ウィローも逆らいはしなかったが、テオがもりもりと平らげていく一方、彼女は料理をつつくばかりだ。緊張のあまり胃がよじれていた。

「最高だったよ、ウィロー。正直、驚いた。オムレツは完璧な仕上がりだし、ロールパンも一級品だ。きみはすばらしい料理人だな」テオはにっこりして椅子の背にもたれた。「パンを焼く女性とはつきあった覚えがない」

ウィローは立ちあがり、皿を集めた。「あなたがつきあう女性にそんな暇はないでしょう。エステや美容室に行ったり、ファッションショーを見るのに忙しいはずよ。あなたのお相手をしなくちゃいけないんだから」皿洗い機に皿を入れ、ポットのコンセントをさしこむ。「コーヒーのお代わりは？」彼女は振り向きもせずに尋ねた。

「もらうよ」耳元でささやかれ、彼女はびくっとした。テオはいつのまにかウィローの背後に立っていた。「でも、きみは今日中にもっとコーヒーが必要になる。きみは間違っているんだから」

彼の声にもはや温かみはなく、ウィローは脅されているのを感じた。背筋を伸ばし、肩をこわばらせたが、彼の温かい息に頬を撫《な》でられ、後ろを向くことができない。

「実際、きみはもはやぼくの恋人ではない。本当に短いあいだだったが、あれはとても濃密なひとときだった。でも過ちは二度とごめんだ。ピルをのんだなんて嘘にだまされるものか。今度はきみを恋人にしたいとは言わない。なんとしても欲しいのは息子だ。必要なら、きみと結婚するしかない」

「なんですって？」彼女は即座に振り向いた。「気でも違ったの？　たとえ地球上に男性があなたひとりだとしても、結婚なんかしないわ！」

彼女の目に驚きの色が浮かんでいるのを見て、テオはかすかに肩をすくめた。「勇ましいな」少し間をおき、皮肉っぽく片方の眉を上げる。「だけどきみに選択肢があるわけではない、ウィロー。選択はぼくがする」

「ばかげてるわ。結婚なんて言語道断よ」激しい動揺に声がうわずった。

テオは冷笑を浮かべた。「それを言うなら、きみが八年間もぼくから息子を奪っていたことこそ言語道断だ。ぼくはタブロイド紙を読んで息子の存在や名前を知ったんだ。いいか、二度とぼくを辱めたり、だましたりできると思うな。ぼくらが結婚すれば息子には両親がそろう。もっとも単純な解決法じゃないか。ぼくらが話しあわなければいけないのは、きみが父親の不在についてスティーブンになんと言っているかだ」彼は精悍《せいかん》な顔のしわひとつひとつにまで緊張を表し、感情のこもらない声で続けた。「ぼくが死んだことになっているのなら、ただじゃすまさないからな」

ウィローのなかでふいに何かがはじけ、とっさに彼に殴りかかった。彼女の手がテオの引きしまった頬をぴしゃりと打つ。「脅さないで。わたしや息子を脅すなんて、どういう神経をしているの。あなたから何かを奪った人なんていないわ」

テオの目が冷ややかになった。「ばかなまねをしたな、ウィロー。ぼくは息子が欲しい。

だが、きみはいなくてかまわないんだ。結婚しようというのは親切心から言ったまでだ。裁判所命令がうまくやってくれる」

「なんて傲慢《ごうまん》なの。わたしが真実を話せば、どんな判事もあなたに親権を渡すものですか」

テオは彼女の肩をつかんで、にやりとした。「きみはバージンを捨てたくて、うずうずしていたんじゃなかったっけ？　そうとは知らない無邪気な男に目をつけ、きみは絶対に妊娠しないと請けあった。そして、まんまと父親から息子を奪った」

「よくもそんなことが言えるわね」ウィローはわめきたてた。「わたしに会うなり、ベッドに誘ったくせに。あなたは自分に都合よく、婚約者がいることを忘れていたじゃないの！」彼女は身をよじって彼の手から逃れようとしたが、テオは彼女の背中を作業台に押しつけた。

「でまかせを言うな。ぼくは婚約なんかしていなかった」

「やめてよ！」ウィローはあざけった。「わたしはあなたの婚約者からの電話をとったのよ。あなたはまだ眠っていると言っても、別に驚いていなかったわ。その前の晩、彼女はあなたを眠らせなかったんですってね」

テオはウィローの肩に置いた手の力をゆるめ、らんらんと光る青い瞳を見つめた。彼女はその話を本気にしているのだ。九年前の運命の朝、アンナと交わした会話をテオは思い出した。ウィローはダイアンが何度もかけてきた電話に最初に出たのだ。彼女の言ったとおり、前の晩ずっと起きていたのは事実だけれど、それ以外は……。テオは困惑し、黒い眉をひそめた。

そんなことにはおかまいなしにウィローは続けた。この九年間、心の奥深くうずめてあった苦痛や傷が一気に噴きだした。「あれから半年後にあなたが結婚した女性よ。スティーブンはまだ生まれてもいなかったわ。彼女を覚えていないなんて言わせないわよ。なのに、そこに突っ立ってわたしを責めるなんて、ひどい人ね」ウィローはかぶりを振った。長い髪が肩のまわりで激しく揺れる。彼女は両手を伸ばし、彼の胸を押した。「わたしの家から出ていって。気分が悪くなるわ」

「だめだ」テオは片手で彼女の両手をつかみ、もう一方の手で彼女の黒い巻き毛をすいて、耳にかきあげた。「ぼくが婚約していると思ったから、逃げだしたというのか?」

「思ったからじゃないわ、知っていたのよ」

テオは彼女の言葉を無視し、自分に語りかけるように続けた。「ぼくが婚約していると思って、ピルをのんだと嘘をついたんだな。嫉妬《しっと》か」

「嫉妬? まさか! それに嘘はついてないわ」ウィローは必死で怒りにしがみつこうとした。「わたしは事後用のピルもあると言っただけよ。あなたがどんな意味にとろうと、わたしの責任じゃないわ」彼女は自嘲《じちょう》ぎみに笑った。「わたしったら、なんて無知だったのかしら。あなたが避妊しているから妊娠するはずがないと思ったのよ。女性関係の激しいあなたのことだから抜かりはないし、婚約者がいたんだから、なおさら」彼はずるくて冷酷な女たらしだと自分に言い聞かせ、ウィローは怒りを再燃させようとした。

一瞬、テオは彼女に同情しそうになった。彼女は当時かなり若かった。それにダイアンは事実を大げさに言う癖があった。だがウィローに彼のいわゆるふしだらな生活を当てこすられ、せっかくの気分もかき消えた。いずれにしろ彼女はテオの息子を奪ったのだ。彼が知りたいのはそれだけだった。

「きのう、きみは言った、〝わたしは過去に生きたりしない。未来を考えるほうがいい〟と。覚えているだろう」テオは激しく詰め寄り、しばらく彼女の顔を見つめていた。怒りのくすぶるサファイアのように青い瞳のなかに、ごまかしきれない官能もあるのが見てとれる。

どうすることもできずウィローは視線をそらしたが、てのひらには彼の規則正しい鼓動を感じていた。すばらしい胸の筋肉に指を這わせたい。もう一度たくましい首に腕を巻きつけ、彼の唇を自分の唇まで引き寄せたい。そんな激しい欲望に気づいて彼女は愕然とし、大きく息を吸った。

「きみの方針でいこう。だがこれだけは覚えておいてくれ……。きみの未来は、そしてぼくの息子の未来は、ぼくとともにある」テオは、彼の胸の上でウィローがためらいがちに指を丸めるのを感じた。彼女の首の付け根が脈打っている。彼が少し頭を傾けさえすればいい。彼女はキスを求めている。

ウィローからは性的魅力がにじみ出ていた。たしかにあのときは天にも昇るような快感を味わった。あれからどれだけの男が彼女のすばらしい体を通りすぎていったのか。

そんなことはもう問題ではない。彼女は息子の母親なのだから、恋愛生活には終止符を打ってもらわなければ。誰かとベッドをともにしたいなら、その相手は自分だ。テオはゆっくり頭を下げていった。

彼にキスされる、とウィローは思った。恥ずかしいことに、期待で体が張りつめている。身を引かなければと頭ではわかっているのに、体は頭に逆らい、彼のキスを待ちわびていた。

6

「コーヒーよ、ウィロー」裏庭から甲高い声が聞こえてきた。

「テスだわ」ウィローがつぶやく。

テオは顔を上げた。彼は大股に二歩進み、キッチンの端にある白木の戸棚にさりげなく寄りかかった。その直後、裏口のドアが開いて、テスが顔をのぞかせた。

「ウィロー、起きていたのね。そろそろスティーブンを迎えに行く時間でしょう。あなたの様子を見に来たのよ。さっきはずいぶん疲れているようだったから」

「もう大丈夫よ」ウィローは友人に弱々しくほほ笑みかけた。邪魔が入ってよかった。テオのせいで金縛りになっていた状態から、ようやく解放された。だが一瞬後には、テスが部屋に入ってくるのではないかと気が気でなくなった。

「さっき裏の小屋を片づけていたら、このクーラーボックスを見つけたの」テスは鮮やかな赤と白の模様の箱を振ってみせた。「明日、スティーブンと旅行に行くなら、役に立つんじゃないかと思って持ってきたのよ」

「助かるわ」ウィローはなんとかごまかそうとしたが、その前にテオが割りこんだ。

「友達を紹介してくれないのかい、ダーリン?」低く深みのある声でゆっくりと尋ねる。

テスがびっくりした顔でクーラーボックスを落とした。彼女はキッチンの端に立っているテオに気づいていなかった。テオはウィローに近づき、彼女の腰をしっかり抱いた。

これで二度目だが、ウィローは怒りといらだちのあまり声も出なかった。テオにからかうように〝ダーリン〟と言われてむっとし、彼の腕を振り払おうとした。テスはそんなことに気づきもせず、長身で黒髪の男性を前にして、好奇心もあらわに緑色の目を輝かせている。

「その、隣に住むテスです」彼女が手をさしだすと、テオはまばゆい笑みを浮かべ、彼女の手を自分の口元に当てた。

「はじめまして、テス。ぼくはテオ・カドロス、ウィローの古い友人です」彼は怒りに頬を染めたウィローを横目で見た。「ねえ、ダーリン」

「ええ、まあ」ウィローは歯ぎしりした。今度〝ダーリン〟と言ったら、彼を突き飛ばしてやろう。彼は二人が親密な間柄だという印象をテスに植えつけようとしている。分別があって幸せな結婚をしているテスなら、テオの如才ない魅力にだまされたりしないはず。

ところがテスは親しげに彼に話しかけた。「今朝彼女が急いでベッドに戻りたがっていたわけがわかったわ。あなたを待っていたのね」テスはテオにほほ笑みかけてから、ウィローに目をやった。「わたしったらばかね。カラビッチはどうだったなんてきいて。こんなにハンサムな人がいるのに」

「だって――」言い訳しようとしたウィローは、テオにさえぎられた。

「彼女たちと旅行に行くのはこのぼくですよ。本当なら今夜発《た》ちたいんです。留守のあいだ、またあなたに面倒をかけてしまいますね」

「喜んで。ウィローにはつねづね言ってるのよ、ほかの若い女性のように外出しなさいって。スティーブンはとてもいい子だし、彼女はすばらしい母親だけど、父親の役までこなそうとするのは無理があるわ。彼女には大人の楽しみが必要なのよ」

ウィローは友人の裏切りに唖然《あぜん》とし、口もきけなかった。

「同感です。彼女は昔から本に囲まれて、家にこもりがちだ。ぼくは彼女の生活を変えるつもりです」

「わたしも同じことを言ってるのよ」

「ちょっと待って」ウィローはこれ以上黙っていられなかった。二人は彼女の存在など忘れたように話している。「テオとはどこへも行かないわ。それに、テス、あなたの思い違いよ」

「あなた、ボタンをかけ違えてるわよ」テスはにやりとしてから、ぷっと吹きだした。

視線を落としたウィローは、恥ずかしさに真っ赤になった。「そんな!」片方の胸があらわになっている。「なぜ教えてくれなかったの!」にやにやしているテオに向かってわめきたて、あわててボタンをかけ直した。

「まあ、もう三時二十分よ」テスが叫んだ。「行かなくちゃ。あなたもスティーブンを迎えに行くんでしょう。旅行に出るときは鍵《かぎ》をあずかるわ。休暇を楽しんできて」彼女はウィローが止める前に裏口から飛びだしていった。

ウィローはテオのわき腹に肘鉄を食らわせ、体を離した。「いったいどういうつもり?」尊大な顔をにらみつける。「なぜ人の家に勝手に入って、友達の前で嘘《うそ》をついたり、ばつの悪い思いをさせたりするの? 何様のつもり? あなたとはどこへも行かないわよ」彼女は金切り声を出した。

「ヒステリーを起こしている場合じゃない」テオは腕時計をのぞいた。「ぼくらの息子を学校の前で待たせておくつもりなら別だが。親権を争う段になったら、きみには不利だ」

「あなたって人は……」ウィローは握り拳《こぶし》を体に押しつけ、彼に殴りかかりそうな自分を必死で抑えた。そんなことをすれば、発作的に暴力をふるう母親だとみなされて、法廷で不利に働くだろう。

テオの厳しいまなざしに耐えきれず、ウィローは床に視線を落として下唇を噛《か》んだ。

「スティーブンを迎えに行くわ。あなたはここで待っていて」なんとか落ち着きをとり戻し、キッチンを出て玄関に向かう。

大きな手が彼女の肘をつかんだ。「ぼくも一緒に行く。だがスティーブンに会う前に、きみは父親のことを彼にどう言って聞かせたか、正確に教えてもらいたい」

ウィローは肩をすくめてため息をつくと、ドアを押しあけ、外に出た。家の前に止まった不吉な黒い車の先に目をやる。スティーブンはもうじき学校を出る。彼女にはもう時間がない。

テオはウィローを自分のほうに向かせ、黒い瞳で見据えた。「早く教えるんだ」

「スティーブンには事実を伝えたわ」ウィローは無表情に答えた。「かなり若いころ、あの子の父親に出会い、とても親しくなった。わたしは彼のもとを離れ、インドにいる母親のところでしばらく滞在していた。妊娠しているのがわかってロンドンに戻ったとき、その人はもう消えていた」憎々しげにテオを見つめる。「その人の家を訪ねたら、〈ブリティッシュ不動産〉という会社が建物を改築中だった。それに、スティーブンが生まれる前にその人はほかの女性と結婚した。これが事実よ。高級雑誌であなたの結婚の写真を見たわ。おしまい」

テオは激しい衝撃を受けた。「ぼくの家を訪ねただって?」

「そうするのが道理だと母に言われたから。わたしは時間の無駄だと思っていたんだけど」ウィローは自嘲《じちょう》ぎみにつぶやき、ふたたび学校への道を歩きだした。

テオはもはや打ち消せない思いに押しつぶされそうになった。ウィローは事実を話している。彼女は本当に彼を捜したのだ。さもなければ、テオの経営するいくつもの会社の子会社である〈ブリティッシュ不動産〉という名前が出てくるわけがない。それに半年後、彼はニューヨークでダイアンと結婚式を挙げた。彼女にせがまれるままにその記事を雑誌の見開きページに載せたのも、覚えている。

自分の前を足早に歩いていくウィローを眺めながら、テオは初めて彼女に会った夜のことを思い出した。体をほとんど露出した格好で、むきだしの背中に長い黒髪をたらしているのを見て、彼女を抱きたいと思った。ゆきずりの関係のつもりだった。結婚をせがむダイアンの束縛から逃れるために。彼はウィローをベッドに誘い、翌朝彼女がいなくなったことを知ったときは怒り狂った。発作的に彼女のあとを追って空港まで行った。

テオは肩をいからせた。ひょっとするとミスは自分のほうにあったのかもしれない。彼女にそう言おう。歩幅を広げて彼女に追いついたそのとき、彼は息子を見た。

「ママ！」子供らしい声だ。

テオがその場に立ちつくす一方、ウィローは駆け寄っていった。「ひとりで学校を出てはいけないはずでしょう」彼女は笑顔で息子をとがめた。

「そうだよ。でもママが来るのが見えたら、ラム先生が行ってもいいって言ったんだ」

「そうなの。でも来学期は町の中等学校に上がるんだから、待ってなきゃだめよ」

「うん、わかった」スティーブンの幼い顔がしかめっ面になった。「その人、なぜママのあとをついてきたの？」テオが彼女のわきで足を止めた。スティーブンはけげんそうな顔をしている。

テオの存在をすっかり忘れていたウィローは、ふいに現実に引き戻され、むっとした。何を言われるかと不安になり、彼のほうを鋭く見る。しかしテオは、警戒心をむきだしにして見上げている少年に全神経を集中させていた。自分が父親であることを知ったショックが、息子のことを知りたいという激しい欲求に変わったのが見てとれた。

彼は息子に手を伸ばしたい衝動を抑え、握りしめた手を体の両わきにつけている。ウィローには彼のジレンマが手にとるようにわかった。再会して初めて、彼に同情をおぼえた。彼女にはずっとスティーブンがいて、絶対的な愛に包まれてきた。けれどテオのほうは……。

「誰なの？」スティーブンが勇敢にも尋ね、母と手をつなごうとした。ウィローは愛と誇りで胸がいっぱいになった。八歳にして、彼はすでに母親を守ろうとしている。「どうしてママのあとをついてくるの？」

「いいのよ、スティーブン」ウィローは二人の顔を交互に見た。テオが彼女の視線をとらえた。その瞳は一瞬すさまじい敵意に燃えあがった。彼は息子の存在を否定したわたしを決して許さないつもりだ。彼にいだいた同情はたちまちかき消えた。

「ぼくはテオ・カドロス」テオは身をかがめ、目をスティーブンと同じ高さにした。「ママの古い友達だよ。きのうロンドンでママとばったり会って、一杯飲んだんだ。今朝、きみとママの写真が新聞に載っているのを見て、どうしても会いに来たくなってね。きみはスティーブンだったね？　スティーブンと呼んでもいいかい？」ためらいがちにほほ笑む。

「ぼくのことはテオと呼んでくれ」彼はたくましい手をさしだした。「さあ、握手だ」

スティーブンは父親と同じ黒い目を興奮に躍らせ、ほほ笑みながら手をとった。「いいよ、テオ。新聞でぼくの写真を見たの？」

「ああ。いい写真だった」

「すごい」スティーブンは母を見上げた。「ほらね、ママ。やっぱり載ったんだよ」にこにこしてテオにきく。「まだその新聞を持ってる？　見せてくれない？」

「見せてください、でしょう」ウィローは苦境に立たされても、いつものように礼儀だけは失わずに息子をたしなめた。少なくともテオは〝パパと呼んでもいいよ〟などとは言わなかった。だが、ほっとしたのもつかのま……。

「もちろんいいとも。ぼくの車のなかにある」テオはにっこりして上体を起こした。「きみの家の外に止めてある。よければ車を見せてあげよう」

「はい、見せてください」スティーブンは母に向き直った。「さあ、行こうよ、ママ」

仕方なく息子をまんなかにはさんで、ウィローは来た道を引き返した。スティーブンはスキップしている。彼女は息子の頭越しにテオを見た。彼の目に一瞬浮かんだ憤りに、ウィローは顔色を失った。きのう彼に出会って以来、頭上にかかっていた暗雲が、彼女を脅かすように大きく広がっていく。

問題に突きあたったときにいつもするように、ウィローは雑事に救いを求めることにした。問題を先延ばしにするのは彼女の得意とするところで、テスにもよくそう言われる。テオとスティーブンが大きなメルセデスを称賛しているのを横目に、彼女はお茶の準備をしに家に入った。

キッチンでほっと息をつき、やかんに水を入れて火をつける。テーブルを見ながら、これまでの快適な日常がいつまで続くのだろうと思いやった。何か手を打たなくては。いつまでも先延ばしにするわけにはいかない。彼女は涙がこぼれないよう目をきつく閉じ、私生活をマスコミにさらした自分の愚行をふたたび呪《のろ》った。どうかしていた……。

テオ・カドロスは息子に定期的に会うだけで満足するような男性ではない。彼がスティーブンをひと目見るなり、息子を自分のものにしたいという激しい欲求をあらわにしたのを、ウィローは見逃さなかった。彼は息子を望んでいる。そのためには必ずしも彼女と結婚する必要はないのだ。スティーブンの親権を巡る訴訟になったら……うまく対応できるだろうか？

もちろん、できるわ！　ウィローは涙をぬぐった。過去に一度会っただけの男性のために臆病《おくびょう》になってたまるものですか。

小説を書く際には、あらかじめ念入りに調査をする。話が矛盾してはいけないから。感情に振りまわされずに仕事をする気になれるのは、まだ先のことだ。ウィローはキッチンの壁にかけた電話の前に立ち、顧問弁護士のミスター・スウィンバーンの番号を押した。

五分後、彼女は少し自信をとり戻して受話器を戻した。弁護士に事情を説明したところ、大丈夫だと励まされたのだ。

男性とは過去に一度会っただけ。彼女はその男性に子供ができたことを伝えに行ったが、彼はすでにほかの女性と結婚していた。彼は息子が八歳になるまで会ったことはなく、養育費も払っていない。ミスター・スウィンバーンの見解によると、テオにはまったく勝ち目がないらしい。費用に関しては、これから入る彼女の印税でまかなえるという。

そのとき、ウィローははっとした。いったい何を考えていたの？　スティーブンをテオと二人きりにしておくとは。彼は息子を連れていくかもしれない。彼女はうろたえ、家から飛びだした。ちょうどスティーブンがテオの車に乗りこむところだった。

「スティーブン、入って。お茶の時間よ」ウィローは声を張りあげた。

「ママ、テオがドライブに連れていってくれるって。待ってて」

「だめよ」彼女は動揺を顔に出さないようにし、スティーブンのそばに行って手をつかんだ。「またあとになさい」

「そのとおりだ、スティーブン」驚いたことにテオはにっこりしたが、彼女の意図を知って冷ややかな表情になった。「最初にお茶だ。それからみんなでエクセターまでドライブしよう。ぼくの飛行機がそこにある」

「ええっ、飛行機を持ってるの！」スティーブンは叫び、目を大きく見開いた。「すごい！ 見てもいいの？」

「もちろん。乗ってもいいよ。きみとママは明日旅行に行くんだってね。いっそのこと、今夜みんなで出かけないか？ ギリシアのぼくの家に泊まればいい」テオは顔を上げ、黒い瞳を勝ち誇ったように輝かせた。「ウィロー、きみが休暇を過ごそうとしていたのはどこだっけ？」

ウィローは彼に休暇の話をした覚えはなかった。そこで思い出した、テスが話していたのを。

「いつもファルマスに行くんだ。それからフランスにも」スティーブンが代わりに答えた。「ママはぼくのパパを捜すんだ。でも、それはまた今度にして、ギリシアに行くほうがいいや」

「さあ、家に入って。お茶よ」ウィローはテオが次に何を言うかとびくびくしていた。彼女の不安は現実のものになった。

「きみは今日は最高についてるぞ、スティーブン」テオは少年の小さな肩に手をのせ、興奮に輝く目をのぞきこんだ。「だって、きみのママはもう、きみのパパを見つけたんだ。ぼくがきみのパパだよ。みんなで、きみのおばあさんや叔母さんやいとこに会いにギリシアへ行こう」

ウィローは青ざめ、立っていられないほど脚が震えだした。痛々しいほど大きく目をみはってテオを見つめたが、ひと言も言葉が出てこない。

たくましい腕が彼女の腰を抱き、黒い瞳が彼女の目を見て笑いかけた。

「そうだろう、ウィロー?」

「ええ」彼女はささやいた。

スティーブンが母の腿に両手をまわし、愛情をこめて見上げた。

「ママ、ありがとう。いつか見つけてくれると思ってたよ。さすが、ママだ!」彼は大はしゃぎしている。

母親に寄せる息子の絶対的な信頼にウィローは誇らしくなったが、人を小ばかにしたようなテオの笑みには後ろめたさを強くするだけだった。

7

ウィローは心のなかで毒づきながら、ベッドサイドの明かりに照らされた大きな寝室を行ったり来たりした。腹が立って眠れない。これもすべて、全能の神、テオ・カドロスのせいだ。

彼は突風のようにウィローの人生に舞い戻ってきた。今スティーブンは隣の部屋で眠っている。ひと目見るなり息子がテオを受け入れたことが、どうしても納得できない。それどころか、出会ってまもなく、スティーブンは父親をヒーローとして崇《あが》めるようになった。

ウィローは傷ついた。正直に言うなら、嫉妬《しっと》で気が変になりそうだ。こんなに感情が渦巻いていたのでは眠れるわけがない。彼女は巨大なベッドの端に背を丸めて座った。さめざめと泣きたかった。

自分が父親だとテオが宣言したあとの息子の熱狂ぶりが思い出される。彼は息子を動揺させたくない母親の心理を利用して、ウィローに拒絶するすきを与えず、いつのまにか車でエクセター空港に向かっていた。そこで三人はテオの豪華な自家用ジェット機に乗りこんだ。
ウィローはギリシアへの空の旅を楽しめず、この三十六時間のあいだに起こっためまぐるしい感情の変化に折り合いをつけようとした。推理小説作家賞を受賞して映画化権の契約を交わしたときの高揚感。テオと再会したときのショック。彼の腕に抱かれたときの、また別の高揚感。彼がウィローの家を訪れ、息子に会わせろと詰め寄ったときの、なんと恐ろしかったことか。

彼がスティーブンに飛行機の複雑な機器について説明するのを見て、男同士の気安い関係に気づくと、テオ・カドロスは今や二人の生活の一部なのだと思わざるをえなかった。

アテネ郊外の丘陵地帯に立つ屋敷に着いてからの二時間は、緊張の連続だった。迎えに出た執事のタキスが彼らを優雅な居間に案内した。ウィローはテオの母親に強烈な印象を受けた。真っ黒な髪に小柄な体つきで、気品あふれるジュディ・カドロスは、スティーブンを何度も抱きしめ、キスをした。ウィローは酒や食事を勧められたが、もう遅いからという理由でかたくなに断った。

やがてテオの母親は眠そうなスティーブンを抱きあげ、寝室へ運んだ。ウィローがスティーブンを寝かしつけるのを見ていたジュディは、その隣にあるウィローのための寝室へ案内し、翌朝ゆっくりおしゃべりしましょうと言って出ていった。

おしゃべりですって……。ウィローは苦々しい思いで立ちあがった。テオの母親はステイーブンを欲しいと言うに決まっている。

バルコニーに向かって開け放たれた大きな窓に近づき、ウィローは夜空を眺めた。この先何が待ち受けているかと不安になる。人が何人もいる家で、こんなに孤独を感じたのは初めてだ。

「やっぱりまだ起きていたんだな」

甘くかすれた声がした。ウィローは信じられない思いで振り返った。「出ていって」静かにドアを閉めたテオに、ぴしゃりと言う。「今日はもうこれ以上面倒なことはお断りよ」

「静かにしてくれ」近づいてくるテオは短いローブしか着ていなかった。広い胸や長い脚があらわになっている。ウィローが薄いコットンのナイトウェアの下に何もつけていないのと同じように、彼もきっとその下は……。

テオがすぐそばで立ち止まった。黒い目にはけだるそうな欲望がのぞいている。あまりの厚かましさに、ウィローは体の力が抜けそうになった。すでに息子を魅了したので、今度はわたしをものにしようとしているのだ。

憤りにかられ、ウィローは息を吸いこんだ。「静かにしろ、なんて言わせるものですか。陰謀家の策士のくせに」彼女の目は青い炎のように燃えあがった。「ここまで連れてくるために、小さな子供を利用して人を脅すなんて、下劣だわ！　父親のくせに、よくもこんなまねができるわね」

テオはこの二十四時間、意志の力で感情を抑えてきた。母親に事情をかいつまんで伝え、一時間前からは息子が眠るのを見守っていた。スティーブンへの愛情がこみあげ、自分は息子を守るために人生を捧《ささ》げようと誓った。だがウィローも同じ気持ちなのだと気づいて、はっとした。訴訟を起こすと脅され、彼女は今どんなに怯《おび》えているだろう。

さっき息子の寝室を出て、ウィローの部屋の前を通ると、ドアのすきまから明かりがもれていた。テオは急に思い立った。彼女に伝えよう、訴訟沙汰《ざた》にはしない、三人とも幸せになるような納得のいく方法を見つけようと。

しかし、ウィローを見て気が変わった。彼女は腿にやっと届く長さのスリップ型ナイトウェアを着て、豊かな髪を肩に無造作にたらし、美しい顔にさげすみの表情を浮かべて立っていた。テオをけがらわしいもののように見つめている。息子の寝顔を見てわきあがった優しい気分はたちまちかき消えた。

ギリシアの男なら、相手が男性だろうと女性だろうと、自分を見下すようなまねをさせるわけにはいかない。とりわけウィローには。ぼくから息子を奪うという残酷なまねをしておきながら、父親の資格を問うとは。ぼくにそのチャンスも与えずに。

彼女を八つ裂きにしてやりたい。まだ味わいつくしていない彼女のみずみずしい唇があざ笑うようにねじれている。白いスリップは透けるほど薄く、盛りあがった胸や細いウエストを際立たせ、腰の丸みや脚の付け根まで見えるほどだ。聖人だってくらっときそうな光景で、聖人でもなんでもないテオはたちまち激しく反応した。

そのとき、ギリシア人ならではのシナリオが頭をよぎった。彼は息子と目の前にいる美しい女性との未来のために決断した。

「返事はないの？」長引く沈黙に耐えきれず、ウィローが口を開いた。あたりに緊張がみなぎる。彼女はふいに息苦しくなった胸に腹立たしげに息を吸いこんだ。テオが近づいてくる。彼の目に称賛と官能が浮かんでいるのを見て、ウィローは一瞬、気が動転した。身を引きなさいと防衛本能は叫んでいるが、彼の威嚇にひるむのはいやだ。

「どんな父親がいい？」テオの冷たく光る目が彼女をとがめるように見据えている。「息子を何年も奪われてきた父親か？」歯をきしらせて言い、彼女の腕をつかんで胸に引き寄せた。「八歳になる息子に自分の国の言葉を話してもらえない父親か？」

ウィローには反論の余地もなかった。彼のたくましい体に触れて体中の血が熱くなる。彼女は彼から身を振りほどこうとした。

「いや」叫んだが、すでに遅かった。

テオは彼女のウエストに手をまわし、一方の手首をつかんで上半身をぴったり自分にくっつけた。彼女の抵抗のつぶやきを無視して、毒のある言葉を吐きつづける。

「孫が現れたことを喜んだり、その孫を見ずに夫が死んだことを嘆いたり、そんな母親の姿を見なくてはいけないのか」テオは彼女の背中にたれた豊かな髪を手首に巻きつけ、彼女の頭がのけぞるほど強く後ろに引いた。「きみはぼくに借りがある。八年間の借りが。それを返してもらう番だ」

彼の目のなかに燃えたぎる怒りを見て、ウィローは身震いした。それだけではない、そこにはもっと原始的な欲求もあった。「やめて、テオ。放さないと大声を出すわよ」

しかし懐かしい彼の匂《にお》いが鼻をくすぐり、温かく引きしまった体を感じて、ウィローの鼓動はすさまじく速くなった。

「好きなだけ叫べばいいさ。この壁は分厚いんだ。きみはスティーブンが生まれてからの八年をもらった。ぼくは次の八年をもらう。正当な権利だ」テオはウィローの顔をさらに後ろに傾けた。ぎらつく目が断固とした決意をこめて彼女の目を見つめる。「ぼくたちは結婚する。スティーブンは十六になったら、どちらをとるか決める。そして離婚すればいい」テオが身を乗りだすと、温かい息が耳をかすめ、彼女は息をつまらせた。「でもその前に、ウィロー、きみをこらしめてやる」低く官能的な声で彼は脅すように言った。

ウィローはすでにこらしめられていると認めそうになった。テオに抱きしめられ、興奮が体を駆けめぐる。だけど彼は敵だ。わたしは彼を憎んでいる。結婚話と離婚話を同時にするなんて、どういう神経の持ち主なの？　ウィローは身をよじり、彼を突き放そうとした。

「逃げようとしても無駄だ」テオは簡単に彼女を抱きしめ、かすれた笑い声をもらした。

「きみもぼくと同じくらい欲しがっているくせに。きみは十代のころ、性の喜びを教えてもらう相手にぼくを選んだ。きみのそのすばらしい体はどんなに忘れようとしても、ぼくを覚えている。ぼくの体もきみを覚えている」彼はひそかに告白した。「それに何年も苦しめられてきた」

ウィローは唖然《あぜん》とし、彼の彫りの深い顔がほんのり染まるのを見た。彼は何を言っているの？　わたしを忘れられなかった？　わたしに会いたかった？　嘘《うそ》よ、そんなはずはない。こんなに混乱していなければ、彼に抵抗できたかもしれないのに。

しかしウィローは、彼が温かく湿った舌先を彼女の敏感な耳から喉元まで這《は》わせ、激しく脈打つ首の付け根に当てるのを感じた。

「やめて、テオ」われを忘れるほど強い飢餓感にウィローはふたたび圧倒された。彼に首筋を愛撫《あいぶ》され、なすすべもなく身をのけぞらせる。

「そうだ、ぼくの名前を呼んでくれ」テオは彼女の腰に当てた手をスリップの裾《すそ》まですべらせ、むきだしの腿に這わせた。彼女が声をあげると、彼はあっというまに唇を奪った。

体を押しつけられ、むさぼるようなキスをされながらも、ウィローは身を振りほどこうとした。だがテオは彼女のウエストをきつく抱き、腿と腿を激しくこすりあわせて、彼女をいっそう熱くする。

ウィローは今にも萎《な》えそうになった。欲望の炎にのまれ、抵抗しようとする気持ちは消えうせた。テオのローブの襟元から手を入れ、広い肩にのせる。ローブの前がはだけると、ウィローは自分の腹部に彼の高まりが当たるのを感じた。彼女の全身が興奮で震え、とっさに身がすくんだ。

テオの舌は温かく湿った彼女の口のなかを探っている。ウィローはうめき声をあげ、彼のつややかな黒髪に指をからませた。彼が欲しくてたまらない。テオの下唇を噛《か》むと、彼もそれに応《こた》えた。彼は手首に巻きつけた彼女の髪をほどき、背中にたらした。顔を上げたテオの鈍く光る瞳の奥に、かろうじて抑えた情熱が見える。ウィローは胸をはずませ、彼のたくましい胸を両手で撫《な》でおろした。

テオはギリシア語で喉にからまった言葉を発すると、ふいにあとずさり、彼女を放した。

「いや」ウィローはあえいだ。

するとテオは実に器用に彼女のナイトウェアを頭から脱がせた。ウィローは目を見開き、彼の欲望にけぶった目を見た。一糸まとわぬ姿でわたしはいったい何をしているの、と自分に問いかけたが、彼が広い肩からローブを脱ぐと、瞬時に魔法にかけられた。ブロンズ色に焼けたすばらしい肉体に、畏怖《いふ》の念を感じると同時に、彼に触れたくてたまらず、手を伸ばす。だがテオはその手をつかみ、両腕にさっと抱きあげた。

「まだだよ」すばやくベッドまで行き、その上に彼女を下ろす。「ぼくに触れるのはあとだ。先にぼくがきみを熱くさせる」

最初に彼と愛を交わしたときと同じく、ウィローは少しも恐怖を感じなかった。テオにキスされるだけで彼女はあらゆる抑制を解き放ち、彼の腕のなかで乱れた。最初でただひとりの恋人。そして今も十代のころと同じく彼の魅力を感じる。彼女はきらめく青い瞳に称賛をこめて彼の完璧《かんぺき》な体を見つめた。

長身で筋肉質の体。つややかに輝く肌。がっしりした肩に広い胸。腹部はすっきりと引きしまり、その下には猛々《たけだけ》しい欲望のあかしが存在を誇示している。彼の体をこれほど熱心に見つめるのは初めてだ。九年前は若さゆえの恥じらいがあったけれど、今はなんの良心の呵責《かしゃく》もない。彼の姿は息をのむほどすばらしい。

「もういいかい?」テオがかすかに顔を赤らめてきいた。その目は男性の自信にあふれている。彼はすばやい身のこなしでウィローの傍らに横たわった。

ウィローは彼の体が自分の体をかすめる感触にぞくっとした。テオは彼女の手を強く握って口元まで運び、両のてのひらにキスをして舌を這わせた。ウィローの体に喜びのさざ波が走る。テオは彼女の指に長い指をからませて彼女の両手を上げさせ、ベッドに押さえつけた。

すぐにでも彼女を奪いたい、とテオは思った。ようやく思いどおりの場所で、思いどおりの方法で彼女を手に入れたのだ。存分に味わい、喜びの時間をできるだけ長く楽しむつもりだ。彼女の青い瞳は欲望でくすぶり、ふっくらした唇はわずかに突きだし、白い胸のふくらみは彼を誘うようで……もはや目をそらしてはいられない。テオは頭を下げて彼女の硬くなった胸の頂を口に含み、ふたたび唇に戻った。

ウィローの胸から腿まで熱い波が広がった。欲望を抑えきれず、貪欲《どんよく》に口づけを返す。もう抑えたくなかった。

テオの指が彼女の腕のやわらかな内側を撫でている。ウィローは驚いた。腕にこんなに感じる場所があったとは。ふたたび口のなかに舌が侵入し、性の行為そのものに似た動きを見せると、彼が触れるあらゆる場所が敏感になった。

これこそ、何年も求めていたことだった。ウィローは彼が呼び覚ますえも言われぬ感覚、長いこと封印していた官能にわれを忘れて熱く応えた。

テオは彼女を熱い目で見下ろしている。「ぼくが見つめる番だ」ウィローの手を放すと、今度は彼女の両手を片手でつかんだ。「こうしたいと、何年も夢見てきた」彼は食いしばった歯のあいだからつぶやき、片手を彼女のうなじに当てた。「一糸まとわぬきみをベッドで抱く。美しい髪が枕《まくら》の上に広がる」テオは彼女の硬くなった胸の先端を親指と人差し指でつまんだ。

鋭い快感が矢のようにウィローの体を射抜いた。彼の唇が二つの硬い先端を交互についばむと、彼女は歓喜の声をあげた。

「気持ちいいのか」

「ええ」ウィローは喜びの吐息をもらした。「でも、お願いだから……あなたに触れたいの」

「だめだ。きみに触れられたら、たちまち終わってしまう」テオは片脚を彼女の腿のあいだに入れ、痛いほど張っている胸のふくらみをゆっくり愛撫した。その手は腰のくびれまで下がり、平らな腹部をかすめてなおもじりじりと下がり、秘めやかな場所で止まった。

ウィローは狂おしく身もだえし、彼の愛撫を求めて両脚を広げた。

「きみを見ていたい」テオがかすれた声でつぶやく。彼女の喉元をたどって硬くなった胸の先端まで唇を這わせ、舌と歯でじらすように愛撫する。「そのきれいな瞳が欲望に染まるのを見ていたい」

テオは燃える瞳でウィローの目を見据えた。彼女の震える腿のあいだに長い指をすべらせ、ふっくらとなめらかな中心部分を探りあてる。そこは彼を待ち受けて熱く潤っていた。

彼が繊細な指づかいで愛撫すると、ウィローは低いうめき声をもらし、苦痛なほど高まる欲求に身震いして、彼の名を叫んだ。

「そうだ、ぼくの名を呼んでくれ」テオは彼女の張りつめた胸の先端に舌先で触れた。「ぼく以外の誰のことも考えられなくなるまで喜ばせてあげる。どんなみだらな夢想よりも狂わせてみせる」

「お願い、テオ」ウィローが腰を突きだすと、彼の体が震えるのがわかった。彼女同様、テオもすっかり高まっていた。ウィローは手を伸ばして彼の広い背中をまさぐり、テオは彼女の腿のあいだで腰を動かした。彼女は身をのけぞらせ、熱い欲望に燃える彼の真剣な顔に見入った。

「ああ……もう待てない。きみが欲しい」

ウィローも待ってほしくなかった。みだらな欲望に突き動かされ、彼の硬くとがった胸の先端に歯を立て、汗ばんだ胸に舌を這わせる。テオは彼女の腰を持ちあげ、一気に侵入した。

テオはそのままじっとしていた。ウィローは大きくあえぎ、長い脚を彼の腰に巻きつけた。テオは彼女の腰を持ちあげ、一気に侵入した。

テオはそのままじっとしていた。ウィローは大きくあえぎ、長い脚を彼の腰に巻きつけた。ウィローが潤んだ瞳で訴えるように見つめ、快感の極みにいるテオをきつく締めつける。彼の顔は緊張で張りつめていた。

「燃えているか、ウィロー？」

ウィローは答えるまでもなく、彼の肌に爪を立て、欲しくてたまらないというように腰を動かした。テオは激しく何度も突き入れ、彼女を忘我の境地へと押しやった。ウィローは彼にしがみつき、彼の名を呼びながら、次々に押し寄せる快感の波を待ち受けた。やがてテオも絶頂を迎え、その体が喜びに激しく打ち震えると、世界はこなごなになった。

二人はひとつになったまま横たわっていた。テオは彼女の喉と肩のあいだのくぼみに顔をうずめている。ウィローはいまだに喜びの余韻に震え、彼にしがみついていた。わたしは何をしたの？　頭のなかで小さな声がささやく。だがテオがふたたび生気をとり戻すと、考えるどころではなくなった。

今度はさっきよりもゆっくりと、静かに抱きあった。二人は時間など意味を持たない世界で互いの快感を探りあった。

しばらくしてから、テオは肘をついた姿勢でウィローの顔を見下ろした。まったく、彼女はなんてことをしてくれたんだ！　ぼくを怒らせ、欲望に火をつけ、最高に軽率な行動をとらせた。ぼくは自制心をなくすつもりはなかったのに……避妊など考えつきもしなかった。

テオの目は上気した彼女の顔の上をさまよった。手を伸ばし、頬にかかった漆黒の巻き毛を払う。腫《は》れた唇がわずかに開いて微笑を浮かべている。ほっそりとしなやかな体に彼は視線を走らせた。彼女は無垢《むく》な少女のようだった。

どうかしている……。無垢なものか。長い脚が腰に巻きついた感触がいまだに残っている。ひと目見たときからウィローには女性として成熟したものがあると思ったが、さっきの彼女は記憶以上だった。二人の相性はぴったりだ。テオはふと顔をしかめた。この九年間、彼女は何人の男とつきあってきたのだろう。

そんなことを考えたら不快になり、テオははね起きた。今や彼女はぼくのものだ。「来週には結婚しよう」彼はすばやくベッドから下り立ち、しかめっ面で彼女を見下ろした。「朝になったらみんなに話して、役所で式を――」

「ちょっと待って」ウィローがさえぎった。あまりの驚きに、さっきまでの陶酔感は跡形もなくなった。身を起こすと、何も着ていないのが急に恥ずかしくなり、あわててシーツを胸までたぐり寄せた。テオのほうは何も身につけないまま彼女の前に立っている。「わたしは結婚すると言ってないわよ」

「ウィロー、きみに選択の余地はない」からかうように輝く目が彼女の目とぶつかった。

「非嫡出の子供はひとりでたくさんだ。それにぼくらは今、なんの避妊もしなかった。ここでは事後用経口避妊薬が手に入らないし、きみがすでにピルをのんでいるのでなければ……」

ウィローは蒼白《そうはく》な顔で彼を見つめた。「ろくでなし！ そんなことをしても、何も変わらないわ」今までひとりでスティーブンを育ててきたのだ。これからだって、できないはずがない。「あなたとは結婚しないわよ」

テオは片方の眉をばかにしたようにつりあげ、ベッドの端からローブをとってはおった。

彼は爆弾を落としておきながら、簡単に背を向けてしまう。怒りといらだちに、ウィローは声を張りあげた。「ねえ、答えてよ」

彼はおもむろに振り向いたが、ハンサムな顔は無表情だった。「何も質問されていない」そっけなく肩をすくめる。「きみがどう思おうとかまわないが、ぼくらは来週結婚する。きみには八年分の貸しがある。あの言葉は本気だ」テオの声にひそむ冷たい決意に、彼女の血は凍りついた。「スティーブンには国の言葉や伝統を身につけてほしいから、結婚式のあともきみたちにはギリシアに残ってもらう。細かいことは、朝になったら話しあおう」

テオの容赦ない言葉はウィローにとってショックだった。彼はさっきまで情熱的で思いやりのある恋人だったのに、今や残酷な暴君に変わってしまった。だが彼女がいちばん衝撃を受けたのは、テオの話も否定できないと思えたことだ。また彼の子供を身ごもった可能性もあるのだ。前はたった一度の経験で、しかも避妊していたのにスティーブンを授かった！　いいえ、今回は問題ない。三日前に生理が終わったばかりだから、よほど運が悪くなければ妊娠はしない。どんな男性だろうと、無理強いされて結婚するものですか。

「少し眠るんだ、きみは疲れて見える」

「誰のせいよ！」ウィローは切り返した。

「きみも楽しんだくせに。さっきの話を続けたくないなら、眠るんだな。朝になってから話しあおう」

「話すことなんか何もないわ。私は絶対にあなたと結婚しないもの」ウィローは枕をとって彼に投げつけた。

テオは片手でそれを受け止め、あざけるように笑った。「その元気を結婚式の夜のためにとっておいてくれ」そう言い残してくるりと背を向け、彼は部屋を出ていった。

8

楽しげな話し声と笑い声が響き、ウィローの深い眠りを妨げた。あくびをして彼女は目を開けたが、すぐに閉じた。日差しがまぶしすぎる。ふたたびゆっくり目を開け、陽光の降りそそぐ部屋を見まわした。自分がいる場所と、そのわけを思い出して、うめき声がもれる。

水しぶきの音に続いて、スティーブンのはしゃいだ声が聞こえ、ウィローはますます不愉快になった。ゆうべテオとこのベッドでしたことが鮮明に脳裏によみがえる。

ああ、なんてことをしたの！　彼女は寝返りを打ち、枕《まくら》に顔をうずめた。セックスに飢えた愚かな女のように、また彼に身をまかせるなんて！　二度と彼に会いたくない。でも、スティーブンのために会わないわけにはいかない。

ウィローは大きくため息をついて仰向けになり、ベッドのわきに脚を下ろした。そこで自分が何も着ていないことに気づいた。シーツにもぐりこみたかったが、テオや彼の母親に顔を合わせないわけにはいかないだろう。長く憂鬱《ゆううつ》な一日になりそうだ。

床からナイトウェアを拾って身につけ、ウィローは窓辺に近づいた。ガラス扉を押しあけてバルコニーに出る。息をのむ美しい眺めに、彼女は賛嘆の声をあげた。波打つ松の丘陵がかなたの青く輝く海まで続いている。

「ママ、起きた? ほら、もぐるから見て!」

バルコニーから下を眺めると、水着姿の息子がオリンピックサイズのプールの青く澄んだ水にまっさかさまに飛びこむのが見えた。ウィローはまたしても息をのんだ。つややかな黒髪がふたたび水面に現れると、ほっと安堵《あんど》のため息をつく。

「うまいわ」ウィローは叫んだ。「でも……」ほかに誰もいないときに水に入っちゃだめと言いたかったのだが、テオがプールのわきに現れ、長い腕を伸ばしてスティーブンを引き寄せた。

テオは首を傾けてバルコニーにいるウィローを見上げた。「起こしてしまったかな。でももう九時を過ぎているよ。朝食の用意ができたから、みんなでテラスで食べよう」

「ええ……」ウィローはつぶやいた。テオのしなやかな体に目が釘《くぎ》づけになる。彼はかろうじて隠れる程度の黒いトランクス型水着しかつけていなかった。彼女は恥ずかしそうに頬を赤らめ、あわてて彼の顔に視線を移した。

テオの黒い目はあざけりを隠そうともせずに輝いていた。彼女が何を感じているか、ちゃんとわかっているのだ。「いいかい、ウィロー?」

「わかったわ」ウィローは急いで寝室に引き返した。胸が早鐘のように高鳴っている。きらめく太陽の下で、彼のブロンズ色に焼けた肌や筋肉がまぶしかった。鮮やかによみがえったゆうべの光景が脳裏に焼きついて離れない。体のほてりを静めようと、彼女は寝室に続くバスルームに向かった。

冷たいシャワーを浴びれば、気分も変わるだろう。十分後シャワーから出ると、長い姿見に自分の体を映した。

唇はキスでいまだに腫《は》れぼったく、白い胸のふくらみの上には小さな痣《あざ》ができ、体のほかの部分にもテオの情熱の跡が残っている。

それを考えるだけで胃がよじれ、頬が熱くなった。ウィローはタオルをきつく体に巻きつけた。彼に触れられたとたんに反応する情けない自分をとがめたところで、積極的に彼と体を重ね、愛の行為を存分に楽しんだ事実は変えられない。

いいえ……。愛の行為なんかじゃない。寝室に引き返しながらウィローは思った。あれはセックス以外の何ものでもない。テオ・カドロスは恋に落ちる相手ではない。彼にとって女性はよりどりみどりだし、すでに一度離婚している。彼がウィローを欲しがるのはスティーブンのためだけで、だからこそ彼女はテオと結婚するつもりがないのだ。

ウィローは品のいい寝室を見まわした。コーヒーをのせたトレイが置いてある。スーツケースは見あたらない。コーヒーを飲むと少し気分がよくなり、たんすのいちばん上の引き出しのなかに自分のブラジャーとショーツを見つけて、彼女は身につけた。それから、部屋の反対側にある二つの大きな年代物衣装だんすの一方の扉を開けた。大して服はかかっていなかった。コーンウォール地方で週末を過ごすつもりだったので、ショートパンツを二枚とビキニの水着を二着入れてきた。けれど、裸も同然のテオには近づきたくないので、これらは必要ない。それ以外にはスカート一枚とサマードレスが三着、イギリスの悪天候を考えてジーンズとセーターも用意してきた。

ギリシアの六月はイギリスよりずっと暑く、この家も住人も、彼女が泊まる予定だった小さなホテルよりはるかに上品だ。

ウィローはハンガーからインド綿のドレスをとって身につけた。青と緑の渦巻き模様で、ノースリーブに広いスクエアネック。身ごろにピンタックが入り、ふくらはぎ丈のスカートは裾《すそ》が広がっている。洗濯しやすいし、着心地がよくて、手ごろな値段だった。化粧台の前に座ったウィローは、頭を抱えて泣きたくなった。

自分はこの家にも、莫大《ばくだい》な富と自家用ジェット機のある生活にもなじめない。でもスティーブンは早くも溶けこんでいる。自分はどうなるの？　テオと結婚する？　考えるだけで耐えられない。

だったら考えないことにしよう。ウィローは化粧バッグからブラシを出して髪をとかし、エナメルのカラフルな櫛《くし》でとめた。青ざめた顔に化粧水をつける。身支度が整い、彼女はなめし革のサンダルをはいて寝室を出た。

家のなかはひっそりしていた。鎧戸《よろいど》が閉まっていて薄暗かったが、ここが豪邸であることに間違いはない。家のまんなかに配された豪華な大理石の階段が円形の広い玄関ホールまで続き、床にはギリシア神話を描いたみごとなモザイクタイルが敷きつめられている。両開きの大きなドアが四つあり、そのわきに上品な大理石の柱が並んでいる。どちらへ行こうかと迷い、ウィローはしばし立ち止まった。人の声が聞こえたので、少し開いたドアからなかに入ると、そこは広々としていながら見るからに居心地のよさそうな部屋だった。

色彩豊かな大きな絨毯《じゅうたん》が、陶器のタイルの床とすばらしい調和を見せている。部屋の向こうにある暖炉のまわりには、ひとり掛けのソファがいくつか置かれ、もう一方の隅には見たこともないほど巨大なテレビが鎮座している。ほかには異なるデザインの椅子が何脚か、予備のテーブル、そして書き物机、飲み物がずらりと並んだ重厚な木製のキャビネットがあった。

「迷子になったんじゃないかと、みんなで心配していたんだ」テオの深みのある声に、ウィローは振り返った。テラスに向かって大きなガラス扉が開け放たれている。

「そうなっていたらよかったのに」彼女はぽつりと言った。テオはほんの数メートルのところにいたが、少なくともショートパンツははいている。ウィローは口のなかがからからになった。日差しを背中に浴びた彼の大きな黒い影が、彼女の体を覆いつくすようだ。

「本気じゃないだろう。ぼくらの息子と引き裂かれたくはないはずだ」テオは彼女に近づいた。

「あの子は情緒の安定した健全な少年だし、きみを尊敬している。だから、ぼくらの結婚はきみしだいでうまくいく。セックスの相性は抜群だから、とりあえずは申し分ない出だしだ」

「そんなことしか考えていないの？」ウィローは言い返した。「わたしにはかけがえのない家庭と仕事があるし、何度でも言うけど、あなたとは結婚しないわ。スティーブンとわたしはここで一週間休暇を過ごす、それだけよ」

「世界中どこにいたって執筆はできるさ。それ以外にきみが必要なものはぼくが提供するになるだろう。だけど、それ以外にきみが必要なものはぼくが提供する」

「わたしは誰にも何も提供してもらわないわ。ひとりでやっていけるもの」

彼はしげしげと見ている。「もちろん、きみが世間的な成功をおさめたのはわかっているよ。でも、そろそろ肩の力を抜いたらどうだ？　人生を楽しむんだ」唇の端が上がり、笑みが浮かんだ。「いたずらに問題を作るのはやめよう。さあ、ぼくは着替えないと。母がきみに会いたがっている。大丈夫、ステファノにまいってるから、どんなことでも許してくれるさ」

ステファノ！　カドロス家の人たちはすでにスティーブンを自分たちのものにしている。

ウィローは声を荒らげた。「あの子はスティーブンよ。それにわたしには、許してもらわなければいけないことなどないわ。あなたこそ、自分の言動には気をつけたほうがいいわよ」テオのそばを通ろうとした彼女は腕をぎゅっとつかまれた。

振りほどこうともがいたが、あっというまに強く抱きしめられていた。たくましくなめらかな胸に押しつけられ、ウィローはあえいだ。

「放して」

「人が見ている。おとなしく聞くんだ」テオは険しい表情で彼女の目を見つめた。「スティーブンという名前をつけてくれたことは感謝している。父の名前はステファノだった。母はとても信心深く、運命の力を信じている。きみが息子にスティーブンと名づけたのは神の意志だと信じて、きみがあの子の誕生をもっと早く教えなかったことも許したんだ。だけど、ぼくは母のようにきみを許さないし、きみが母を悲しませるようなまねをしたら、どうなるか覚悟しておくんだな」

「脅しね」ウィローは首を振った。この人はわたしのことを何もわかっていない。それでも彼は男らしい清潔な匂《にお》いがし、筋肉質の胸に押しあてられた彼女の胸は張りつめた。ウィローはたじろぎ、少しでも彼から離れようとして身を引いた。「参考までに言っておくけど、スティーブンは、彼を運んでくれた救急車の運転手にちなんでつけた名前よ」

テオの頭がのけぞった。彼女の腕をつかむ手をゆるめ、いぶかしげに見つめる。「救急車の運転手？　なんだって救急車に？」

そのすきにウィローは彼の手から逃れ、あとずさった。「自分で考えて。あなたは頭がいいはずよ」

「待ってくれ」テオは彼女の腰をつかんで引き戻した。その顔にはぞっとするほど冷たい表情が浮かんでいる。「彼は恋人だったのか？」

お門違いな質問に彼女は声をあげて笑った。「まさか」燃えるような目で彼をにらみつける。「わたしのせいで彼はセックス恐怖症になったかもしれないわ。お産が始まったから救急車を呼んだら、その週から働きはじめたという彼が来たのよ。でも病院までまにあわなくて、スティーブンはわたしの寝室で赤ちゃんをとりあげるはめになったの」

テオの腕が彼女の腰からずり落ち、呆然《ぼうぜん》と彼女を見つめた。「男に……見ず知らずの男に……」信じられないというように首を振る。

絶句しているテオを見て、ウィローは内心笑みをもらした。彼に背を向け、テラスに歩いていく。大きなパラソルの下のテーブルには朝食が並んでいた。スティーブンの隣の椅子に座ったミセス・カドロスが、満面の笑みを浮かべている。

「あら、ウィロー、おはよう。どうぞ座って。あなたのおかげで、どんなに幸せか」

「おはようございます、ミセス・カドロス」

「いやだわ、ジュディと呼んでちょうだい。わたしもあなたをウィローと呼ぶわ。わたしはアメリカ生まれでアメリカ育ちよ、形式ばるのは嫌いなの。夫のステファノはわたしの開けっぴろげな態度をいやがることもあったけど、そのたびに彼を納得させたわ」彼女は思い出し笑いをした。

「わかりました、ジュディ」ウィローもにっこりした。夫人の明るさが伝わってきた。ウィローは椅子を引き、息子の正面の席に着いた。「短い休暇ですけど、スティーブンとわたしを泊めてくださって、お礼を申しあげなければ」状況を正確に説明したせいで気分がよくなった。テオがどう考えていようと、彼女の息子と結婚するつもりはない。

「喜んでもらえてうれしいわ」ジュディはウィローのカップにコーヒーをつぐと、少し離れた場所に立っているギリシア人の若いメイドを手招きし、声をひそめて言った。「コーヒーをいれ直してきてちょうだい、マルタ」それからふたたびウィローに声をかける。

「さて、あなたは何を召しあがる？　マルタがなんでも作ってくれるわ」

「コーヒーとパンをお願いします。朝はあまり食べないんです」ウィローは正直に答えた。

「だめだよ、ママ。すごくおいしいんだから」スティーブンが口いっぱいに料理をほおばりながら言った。「このペストリーに蜂蜜《はちみつ》をつけて食べてみて。おかゆ《ポリッジ》よりずっとおいしいよ」

ウィローは顔をしかめた。「でも、歯にはあまりよくないわね。食べおわったら必ず歯を磨いてね」彼女はコーヒーにクリームを入れ、カップを口元に運んだ。

「ママの言うとおりよ」ジュディが言う。「わたしがおちびちゃんを甘やかしてしまったわね」

「おちびちゃんじゃないよ。ぼく、八歳だもん」

「ごめんなさい、ステファノ。今にパパと同じくらい大きくなるわ」

「ほんと、ママ?」

「間違いないわ」ウィローは愛する息子を笑顔で見下ろした。まだ幼い少年は母親の確信を得たいのだ。母親への信頼は絶対だ。でも父親が現れた今、そんな状態がいつまで続くか。

「もうじき、わたしがうちの家族のなかでいちばんちびだと思う日が来るのね」ジュディはおどけた表情をし、ウィローのほうを向いて続けた。「かまわないわ。孫の成長を見る喜びがあるんですもの。わが家にテオの子供を、わたしの孫を迎えるのがどんなにうれしいか、あなたには想像もつかないでしょうね。この子のおじいさんは天国で大喜びしているわ」驚いたことに、ジュディの金褐色の瞳に光るものが見えた。「ごめんなさい。まだ気持ちが不安定なのね」

「いいえ、謝らなくてはいけないのはわたしのほうです。もっと早く連絡をさしあげるべきでした」ウィローは深呼吸をし、カップを持ちあげて一気に飲みほした。

「ステファノ、テオを捜してきてちょうだい。そしてちゃんと服を着せてもらって。このままだと日焼けしてしまうわ」

「あら」ウィローは立ちあがろうとした。「わたしがします。本当にうっかりしてました」

「いいえ、あなたはいいのよ」ジュディは彼女の腕に手をかけた。

「テオにも子供の世話がどんなものか、少しは知ってもらわないと。それにわたし、あなたとお話がしたいの」

ウィローは警戒しながら椅子の背にもたれた。いよいよ尋問の瞬間が訪れた。

「そんなに怖がらなくてもいいのよ。テオに全部聞いたから。あなたは何も恥じることないわ。妊娠がわかったとき、あなたはロンドンであの子を捜したそうね。ちょうどテオとアンナが住んでいた家が改築中だったとか。あの子はここの電話番号を教えていなかったんですってね」

彼女はいくぶん非難めいた口調になった。

「テオは二十代のころ、特定の相手を決めずに何人もの女性とつきあっていたの。責められるとしたら、あの子のほうよ。あなたを誘っておきながら、半年後にほかの女性と結婚するなんて罪なこと。彼の子を身ごもったあなたには、たったひとつの選択肢しかなかったのね。もしもわたしがその立場だったとしても、同じようにしたわ。この話はもうおしまいにしましょう。すんだことよ」

「ありがとうございます」ウィローは小声で言った。涙できらめくジュディの目には同情心と誠意がこもっていた。「でも、テオは同じように考えているかどうか」

「ぼくの噂《うわさ》かい？」

深みのある声に、ウィローはびくっとした。テオが背後にいることに気づいたとたん、うなじの毛が逆立った。彼は麻のカジュアルなスーツに白いオープンネックのシャツというでたちだ。

「どうかした？」ウィローの隣の椅子に腰を下ろしながら彼女に軽くほほ笑み、母親には明るく笑ってみせる。

カーキ色のショートパンツと白いTシャツを着たスティーブンが、自分の席に急いで戻った。「ママ、噂って何？」

「噂というのは」答える前にジュディはテオに眉をひそめてみせた。「人が人について話すことよ。たいていは悪いことを言う場合が多いけど」

ウィローはとまどいつつテオを見た。彼の高い頬骨のあたりがうっすらと染まっている。ばつが悪いのだ。こんなことは初めて……。

「わたしから孫を遠ざけたことを責めはしないとウィローに言っていたの。当時、彼女はとても若くて、きっと恐怖心でいっぱいだったのよ」

「ぼくが生まれたときママは十八だったんだ」スティーブンが口をはさんだ。このときばかりは、息子が聡明《そうめい》で好奇心が強いことをウィローは嘆いた。

「十八歳？」ジュディは唖然《あぜん》とした顔つきでテオを見た。「大変だったわね」いたわるようにウィローに声をかける。「ご家族が協力してくれたのね？」

「家族はいないよ。おばあちゃんも、曾《ひい》おばあちゃんも、ぼくが生まれる前に死んだから」スティーブンが言った。「ぼくらは曾おばあちゃんの家に住んでいるから、写真が山ほどあるよ」

具合の悪い方向へ話が向かっている。「もういいわ、スティーブン」ウィローがたしなめた。

「いや、スティーブン、話してくれ」急にテオは好奇心をかきたてられた。

「隣のテスは、おばあちゃんや曾おばあちゃんのことを知ってるんだ。村のみんなが知ってるよ。ねえ、ママ？」

「ええ」それ以外に言いようがない。

「おばあさまを亡くすのは悲しいわね。でも、同じ時期にお母さまを失うなんて痛ましいこと。事故だったの？」ジュディが静かに尋ねた。

「いいえ、いいえ、そうです。半分事故でした」ウィローは膝の上で両手をきつく握った。この話題はやめてほしい。

「半分事故じゃわからない」テオが言った。ウィローは横目で彼を眺め、黒い瞳のなかに不快な感情を認めた。

彼に何を期待していたの？　同情、共感、それとも思いやり？　どうかしてるわ。彼には思いやりなんて、かけらもないのに。

「そうね、テオ」ウィローは微笑した。「わたしの祖母は復活祭《イースター》のころに寿命を全うしたの。ほら、覚えているかしら、わたしがインドにいる母に会いに行った夏よ」彼女の青い瞳に浮かんだ苦々しさは、テオだけに向けられたものだった。ほかの二人にはあいかわらず笑みを向けた。「母はインドで暴動に巻きこまれたの。帰国するはずだった前の週に。母は流れ弾に当たって死んだわ」

「気の毒に」テオがつぶやいた。

「なんて悲惨なの」ジュディもつぶやく。

「ええ、でももうずいぶん昔の話です。スティーブンと二人でなんとかうまくやっていますから」ウィローは手を伸ばし、むしろ自分自身を励ますために息子の腕に触れた。

驚いたことにジュディはテオに向かってギリシア語で何かきつい言葉を浴びせ、英語に切り替えてウィローに言った。「下品なまねをしてごめんなさい。でも、あなたも母親だからわかるでしょう。いくつになっても息子は息子なのよ」むっとしたテオの顔を見てから、スティーブンに笑いかける。「ねえ、スティーブン、アテネでいちばん大きなおもちゃ屋さんに行かない？」

「急《せ》かさないでくれ、母さん」テオがぴしゃりと言った。「スティーブン」息子に向き直り、同時にウィローの肩を抱く。彼女のほっそりした体はびくっとしたが、続く彼の言葉には唖然とした。「もう二人きりで暮らさなくてもいいんだよ。きみのママとぼくは一刻も早く結婚したいんだ。そうすれば、ぼくらは家族になって幸せに暮らせるから」

「ほんと?」スティーブンが尋ねた。「本当の家族になるんだね?」

ウィローがテオの腕を肩から払うと、彼は褐色の長い指を彼女のうなじに置いて顔を寄せた。「そうだろう、ウィロー?」

夢がかなったスティーブンは顔を輝かせ、椅子から飛びあがって母に抱きついた。ウィローは息子の目に希望や切望を認めた。彼を失望させるのは忍びなかった。選択の余地はない。

「ええ」にっこりほほ笑んでテオを見つめる。サファイアのようにきらめく青い瞳には恐怖と怒りが浮かんでいた。またもや冷酷なテオは望むものを手に入れるために心理的な脅しをかけたのだ。だが、ウィローが柔順なかわいい妻を演じると思っているなら大間違いだ。「いずれはね」彼女は限定の言葉をつけ足した。

しかしその言葉はジュディの歓声でかき消された。マルタとタキスがシャンパンとグラスを持って現れたのだ。ジュディはみんなの末長い幸せを願って乾杯した。ウィローは顔ではほほ笑みながら、内心は怒りで煮えたぎり、この窮地から逃げだす方法を探そうとやっきになっていた。

最大の問題はスティーブンだ。うれしそうなその顔を見るかぎり、両親がそろうことを心から喜んでいるのは間違いない。少年がさっき使った言葉で言うなら、〝本当の家族になる〟ことを……。

9

「もういや」ウィローは豪華なブティックの店内で声をあげた。「試着なんてうんざり」

テオはウィロー親子と母を車でアテネまで連れてきた。最初の提案どおり、ジュディはスティーブンを連れておもちゃ屋へ買い物に行くことになった。スティーブンがうきうきして祖母に手を引かれていくと、ウィローはテオと二人残された。その別れ際にジュディがテオに指示したのだ。彼女にとびきりすてきな服を買ってあげなさい、うちでパーティを開きましょう、と。

ウィローは彼を見た。テオはベルベットのソファでくつろいでいる。女性に服を買ってあげることに慣れているのだろう。

彼女のほうは、服を脱いだり着たりすることに死ぬほどいやけがさしていた。上品なスーツ、デザイナーもののカジュアルウェア、三着のフォーマルなイブニングドレス。さっき彼が選んだドレスで堪忍袋の緒が切れた。もううんざりだ。

テオの前につかつかと歩み寄り、険しい顔でまくしたてる。「もう行くわ。ここでは何も買わないわよ。どれも高すぎるし、意味がないわ。あなたがどうしてもあのスリップを試着させたいなら……」ウィローは店員が持つシルクの下着のほうに勢いよく手を振った。「彼女に頼めばいいわ」

テオはすっと立ちあがり、笑みを浮かべて店員にギリシア語で何か言った。それからウィローの腕をつかみ、店員に背を向けた。

「きみにはぼくの妻としての立場がある」怒りで紅潮したウィローの顔を見つめる。「それに、いくらきみが美しくても、服のセンスは褒められたものじゃない。ヒッピー風スタイルはもう四十年前にすたれた」

ウィローは彼の言葉に傷ついたが、懸命に感情を隠そうとした。「ブランドものや最新流行のファッションの世界ではそうかもしれないけど、わたしのなかでは違うわ。安くて楽しい服のほうが、断然実用的よ」肩をいからせ、彼を見据える。「それにもう一度言うけど、わたしはあなたとは結婚しないから！」

表情豊かな彼女の目が傷つけられたように光るのを見て、テオは自分がいやになった。ウィローは誇り高く、誰の力も、もちろん彼の力も借りずに成功した才能豊かな女性だ。十八歳の若さで息子を出産し、しかもそれが母親と祖母の喪に服しているときだった。それを今朝知らされて以来、彼は罪の意識で胃がよじれている。母でさえ彼をとがめた。それも無理はないと思う。

「わかった、その緑色のはやめておいて」テオは店員に言った。「それ以外は買う。スティーブンの気持ちを傷つけたくないなら、きみはぼくと木曜日に結婚するんだ」

ステイーブンを傷つける？　そんなこと、できるはずがないのに。

大きく息を吸い、表情を隠そうとして、まつげをぱちぱちさせる。「わかったわ。木曜日ね」

「よし」決して逃れられないとウィローは観念した。「最後にはわかってくれると思っていた」彼は代金を払いに行った。

無駄づかいしたいのなら、すればいいわ。とにかく彼が女性に与えられるのはそれしかないのだ。ウィローは苦々しく思い、日差しのあふれる表に出た。それにすばらしいセックスも、といたずらな悪魔がささやいたとき、強く腕をつかまれ、彼女は立ち止まった。

「きみを驚かせたのなら謝るが、二度とぼくを置いていくな」テオが嚙《か》みつく。

「驚いてなんかいないわ。女性がギリシアで贅沢三昧《ぜいたくざんまい》を味わい、デザイナーものの服をどっさり贈られて、富豪の夫までもらうのは、日常的なことじゃないもの」ウィローはきつい皮肉を浴びせた。

「ああ、そうさ！」テオは彼女の体をくるりと自分のほうに向かせ、壁に追いつめて彼女の頭の両側に手をついた。「罪の意識を持てというなら、すでに持っているさ。今朝、ぼくたちの息子を救急車の運転手がとりあげたと聞いたとき、ぼくがどんな思いをしたかわかるか？　しかも、母親と祖母を亡くしてほかに頼る人がいなかったなんて。いやけがさしたよ」

「わかってるわ」

「きみに対してじゃない、自分自身にいやけがさしたんだ。きみが若くて天涯孤独だったと聞いて、子供のとき以来初めて母に叱《しか》られた」

「それであなたに声を荒らげていたのね。なぜお母さまに本当のことを言わなかったの？あれはひと晩限りの関係で、わたしはあなたを置いていったんだって」

「ぼくの息子の母親を信用失墜させるわけにはいかない」テオは歯ぎしりした。「それにきみがどう思おうと、ぼくにはひと晩限りの関係じゃなかった。一緒にいてくれときみに言ったはずだ」

「そうだったかしら」

「まったく《テオス》！　きみはいちいちぼくの言葉尻をとらえるのか」テオは必死にかんしゃくを抑えようとしている。「ぼくは罪滅ぼしもできないのか。服を買ったのは、きみが喜ぶかと思ったからだ。ぼくにはそれくらいしかできない」

テオは、新しい服を買ってもらって彼女が感激すると思っていた。これまで出会った女性は彼にねだったものだ。けれどウィローはほかのどんな女性とも違う。彼は自分のしたことが単なる俗っぽいものに思えてきた。彼にとって良心をなだめるための行為が、彼女にとっては侮辱なのだ。

ウィローは彼の怒りにショックを受け、目を見開いた。彼が罪悪感をいだいていることを認めたのには驚いたが、彼女はあざけるような笑みを軽く浮かべた。「ありがとう」

テオの目は暗くわびしげになった。「ぼくはもっときみに連絡をとるべきだった。でもきみは嘘《うそ》をついて、ぼくにチャンスをくれなかった。ぼくの子供を身ごもったと知って、古い住所に一度行ったくらいでは、捜したことにならない」

「連絡をとろうとしたのは、そのときだけじゃないわ。妊娠七カ月のとき、あなたの会社の住所を書いたメモを持ってロンドン行きの列車に乗ったんだから。でも、途中で読もうと思って買った雑誌に、あなたとダイアンの結婚の写真が載っていたのよ。わたしは次の駅で列車を降りて、家に戻った。これでも足りない？」ウィローはテオに罪の意識を感じてほしかった。彼に対して痛烈な非難を浴びせられるとしたら、それしかない。テオは彼女の逃げ道をすべてふさいでしまったのだ。「それとも、新婚旅行中のあなたを追っていくべきだったのかしら」

テオは永遠とも思えるほど長いあいだ黙って立ちつくしていた。その顔には不可解な表情が浮かんでいる。「気の毒なことをした」彼はようやく静かに言った。「だが過去の話をしても不毛だ。ぼくらが望んでいるのは未来だ」いきなり彼はさっと頭を下げ、彼女の唇を奪った。

キスひとつでウィローは完全に抵抗力を失った。人が行き交う白昼の歩道で恥ずかしそうにハンサムな浅黒い顔を見つめる。「今のはなんなの？」

「きみを黙らせるためのキスだよ、怒りんぼの奥さん。子供のころ以来、道のまんなかで言い合いをしたことはないし、今日はこれ以上糾弾されるのはごめんだ。ぼくは休戦を申し入れているんだ」彼女と腕を組み、テオは道路を歩きはじめた。

五分後、金色の文字で名前が書かれた上品な黒いドアの前でテオが足を止めた。

ウィローは腕を引き抜いた。「いやよ！　買い物はもうたくさん」

テオは彼女の肩にすっと腕をまわし、官能的な口元をゆがめておもむろにほほ笑んだ。「言うことを聞いてくれ、ウィロー。これで最後だ。それからみんなと落ちあって昼食にしよう」

彼に背中を押されて入ったのは宝石店だった。これ以上彼の言うことを聞くわけにはいかないとウィローは思った。

「きみはぼくの婚約者なんだから、ぼくの贈る指輪をつけてもらわなければ」彼女が反論しようとすると、テオは彼女の唇に指を当てた。「言い合いはなしだ。休戦中だろう？」

ウィローはどぎまぎし、言い返すこともできなかった。このままでは彼に触れられただけで、何もかもなしくずしにされてしまいそうだ。

だから彼女は指輪を選ぶ際に仕返しをした。結婚を強いられ、服のセンスをけなされたお返しに、プラチナの台座におさまった、これでもかというほど大きなブルーダイヤモンドを選んだのだ。派手なダイヤモンドをちりばめたプラチナの婚約指輪も選んだ。

　テオは好奇心もあらわな目で見ている。「本当にそれが欲しいのか？」

「そうよ」ウィローは角度をつけて彼を見上げ、いかにもまやかしの微笑を口元に浮かべた。「大富豪の妻にふさわしいものじゃないとね、ダーリン」きっとテオはひどく腹を立てると思ったのに、案に相違して、いつもの皮肉っぽい微笑を浮かべた。

「まいったな、ダーリン」テオは面白がっているような調子で言い、二つの指輪を買った。


　二日後、ウィローのベッドに腰かけたスティーブンが彼女のドレスを見ていた。「ぼくもパーティに行きたいな」

「もう少し大きくなったらね。今夜はマルタの言うことを聞いて、いい子でいてちょうだい」

「うん、わかった」

　ウィローはにっこりして息子を見た。「ねえ、どう、スティーブン。これでいい？」テオに強く勧められて買った、体にぴったりした青いシルクのロングドレスを、震える手で撫《な》でつける。長い髪は頭の上に結いあげたので、美しい顔の輪郭や、ほっそりした白い首筋が引き立っている。化粧はいつものようにリップグロスと軽くマスカラだけ。足元にはドレスに合うハイヒールのサンダルをはいた。明るいピンクのマニキュアも爪にほどこしてある。こんなに着飾ったのも、こんなに神経がぴりぴりしているのも初めての経験だ。

「ママ、きれいだよ」

「ぼくも同感だ」

いつのまにかテオが部屋に入っていた。洗練されたディナースーツに身を包んだ彼を見て、ウィローは体中が興奮でわきたった。

彼女はこの男性と結婚することに同意し、今夜は二人の婚約披露パーティなのだ。頭がどうかしていたに違いない。彼が近づいてくるのを見ながら、ウィローはうろたえた。

「もう時間なの？」

「もうとっくに時間だよ」テオは官能的な笑みを浮かべて物憂げに言うと、彼女の震える手をとり、それからスティーブンのほうを向いた。「マルタが待っている。急いで部屋に行きなさい。びっくりするものがあるよ」

スティーブンは少しぐずるように母のおやすみのキスを受け、部屋を飛びだしていった。

「用意はいいかい？」テオがきく。

ウィローは緊張のあまり何も言えず、ただうなずいた。

このパーティはジュディの発案だった。彼女は八歳になる孫息子ステファノの存在を隠そうとしなかった。うれしくてたまらないのだ。けれどウィローは、テオの傍らで客を出迎え、婚約者だと紹介されるたびに、彼らの驚きを痛いほど感じ、大きなダイヤモンドの指輪をもぞもぞとまわして、こんなものを選ばなければよかったと後悔した。客はみんな指輪を見たがり、その豪華さに息をのむ。だが彼らの反応にはどこか偽善者めいたところがあった。

ウィローは他人の目など気にしないでいようと決めたものの、テオに再会したのは彼女やスティーブンにとって幸運なことで、この先なんの不自由もなくやっていけるだろうと言われたときは、深く傷ついた。〝財産目当て〟だと言われたも同然だ。派手なダイヤの指輪は彼女の意図から大きくはずれてしまった。

「あなたにはいい友達がいるのね」ウィローは皮肉めかしてつぶやいた。「でも、よければ一杯飲みたい気分よ」

「何を期待していたんだ？　婚約者と息子をひと晩で紹介するんだから、あらぬ噂《うわさ》を立てられても当然じゃないか。いったい誰の責任だ？　ぼくがきみたちを隠しておくとは思わなかっただろう、ダーリン。それはきみの解決策だが、ぼくは違う。そうはさせるものか」

テオはウィローの腰にさりげなく手をまわして傍らに引き寄せた。

「そんなに緊張しないで。きみは目をみはるほど美しいんだから」黒い目を輝かせて彼女をまじまじと見る。「ここにいるどんな女性よりもずっと美しい。肩の力を抜いて楽しむんだ」

彼女の手を口元に持ちあげ、彼は指の付け根にキスをした。彼女を見つめる目には引きこまれそうな強い力がある。

「指輪のことだが、宝石商に幸運な男だと言われたよ。その指輪が似合う、長く気品のある指をした女性はめったにいないらしい。今夜集まった女性たちは嫉妬《しっと》しているんだよ。ぼくらの結婚は一時的に騒がれるだけだ。それから新しい生活に乗りだせばいい。三人でね」

テオは彼女に敬意を表し、励ましたのだ。そんなことは今までなかった。彼の声はウィローの胸をときめかせ、彼に腰を抱かれていると自分が守られているという気分になり、気持ちが安らいだ。それは決定的な感情で、かえってウィローは不安になった。テオに気づかれないよう目を伏せ、そっと彼の腕からすり抜けようとする。

「おいおい、テオ！　彼女にしがみつきたいのも無理はないけど」笑いながら言うアクセントの強い男性の声が響いた。「けちのつけようのない女性だな。紹介してくれよ」

仕方なくウィローはテオの腕に抱かれていた。彼女は客の前でばかなまねをしてしまった。現れた男性を見上げ、称賛もあらわに目を見開いたのだ。テオは別にして、彼はこのパーティでいちばんの美男子に違いない。彼女よりおそらく三センチほど背が高く、二、三歳年上で、黒く長い巻き毛を革ひもで後ろで束ねている。派手な青のディナースーツがよく似合い、きらきら輝く金色の瞳で彼女を楽しそうに見つめている。

「レオ、まさか来るとは思わなかった」テオの声は、ウィローの背筋にぞくっと寒けが走るほど、冷ややかだった。

「ぼくを知っているだろう、テオ。パーティと聞いたら来ないわけがない」男性はウィローにほほ笑みかけた。「きみの婚約者はきみの名前を教えたがらないんでね、美しいお嬢さん。誰かにとられるのを恐れているんだろうな。われは《モイ》――」彼は片手を胸に当てた。「一生、あなたのしもべです」いたずらっぽい笑みを浮かべ、ウインクしてみせる。

ウィローは声をあげて笑った。まわりの堅苦しさから救いだしてくれた彼に感謝したかった。

「わかったよ、レオ」テオは彼女の腰にまわした手に力をこめ、顔をしかめた。「婚約者のウィローだ。きみの立ち入りを禁止する」

「まあ、テオ」彼女は愉快な気分で甘ったるい声を出した。「嫉妬しているわけじゃないでしょう。彼は大げさに言っただけよ」

「そうかもしれないが、そろそろ客と懇談する時間だ」レオを無視してテオは彼女の背中を押し、ほかのグループのほうへ向かった。

「なぜレオに邪険にするの?」ウィローは尋ねた。

「邪険にはしてないさ。彼はいい友達だし、知りあって長い。ただし女たらしで有名だ。

なぜか女性は彼を崇拝する。ぼくに勝ち目はない」

あなたも似たようなものでしょうというようにテオを見たウィローは、彼が真顔なので驚いた。

食事の支度が整ったころ、ジュディがやってきて、三人は大きなダイニングルームに移った。アンナと彼女の夫も同席した。

アンナが何度も繰り返す。「いまだに信じられないわ、ウィロー！　よりによって、あなたと兄さんが結婚だなんて」

アンナは新しい家族の一員に会いたくて、きのうのうちに屋敷に着いていた。彼女の二人の娘はすぐにスティーブンと仲よくなったが、アンナは唖然《あぜん》とするばかりだった。テオが仕事と称して事務所に逃げこむまで、彼女は午前中いっぱい兄を非難の目で見ていた。それから昼食をとりにウィローをアテネに連れだし、女同士の気のおけないおしゃべりをしながらも、終始テオのことを謝った。兄はずっとあなたを愛していたのよと。

今、パーティの会場で母と妹が世間話に花を咲かせているのを見ていたテオは、ウィローの表情豊かな目に一瞬でも緊張が浮かぶと眉をひそめた。彼女が微笑を浮かべたときでさえ、そうだった。

三人の女性は彼の家族だ。これまで母と妹にいだいてきた保護本能をウィローにも感じていることに、彼はわがことながら心を打たれた。そして客が彼と同じようにウィローを見ていないことが腹立たしかった。

彼女は特別な女性だ。美しく、誇り高く、独立心に富んだ、すばらしい母親だ。しかも彼女にはなんの虚栄心もない。彼女は自分の魅力に無頓着《むとんじやく》なようだが、ここに集まった男性が全員テオをうらやましがっているのは間違いない。レオのことで彼女が言ったとおり、彼は嫉妬したのだ。

「ウィロー、食事がすんだのなら、新鮮な空気を吸いに行かないか」

ウィローはほっと救われる思いだった。室内は暑くて、騒がしく、人々のとがめるような視線を感じているせいもあって、頭痛がしていた。「わたしの気持ちが読めるのね」いつになく軽い調子で答え、さしだされた彼の手をとる。

テオは彼女をテラスに連れだした。ウィローは胸いっぱいに冷たい夜気を吸いこみ、やわらかな吐息をもらした。

「よくなった?」テオがそっときく。

「ええ」ウィローはつぶやき、彼を見上げてほほ笑んだ。

「よかった」テオは足を止め、やけに真剣な顔で彼女を見下ろした。「心配しなくていい。みんな、きみが突然ぼくの前に現れた事実をすぐに受け入れるさ。受け入れない人間がいたとしても、ぼくがうまく処理する」

ウィローはにっこりした。彼は真剣な顔をしようとしているときでさえ、生来の傲慢《ごうまん》さがたちまち顔をのぞかせるんだから。

「テオ、この四日間で、あなたは誘拐犯から白馬に乗った騎士に変わったわ」含み笑いをしながら軽口をたたく。「あなたにしては、すごい進歩よ。わたし、あなたの言葉を信じているみたい。ここにいる誰も、あなたと争ったりしないわよ」

テオは彼女の腰に手をかけ、引き寄せた。「ぼくはきみを楽しませている。「笑っているんだね？」黒い瞳に灯《とも》る官能の輝きが、もっとも根源的な行為を約束している。「笑っているな」かすれた声で言うと、テオは身をかがめた。温かい息が彼女の頬をかすめる。「ぼくが今しようとしているのは……」

「わかっているわ」ウィローは息を吸いこんだ。腰にまわされた彼の手に力が入り、彼女の全身が震えた。彼にキスされる。体が彼のほうによろめく。

「ウィロー・ブレインだよね？」いかにもイギリス人らしい口調が、はじける寸前の二人の性的興奮を邪魔した。「どこで会ったのか、ずっと思い出そうとしていたんだ。ぼくは人の顔を忘れない質《たち》だから。そしたら突然、ひらめいた」

すぐそばに金髪のイギリス人が立っていた。いかにも得意げに顔をにやつかせ、ウィローを見つめている。テオは勝手にひらめいてくれと思ったが、ウィローの体を支えながらつないだ手を離し、一歩わきに寄った。「チャールズ、よく来てくれた」ぶっきらぼうに言う。「パーティを楽しんでもらえるといいが」

「楽しんでいるよ」彼はウィローから目を離そうとしない。「やっぱりそうだ。先週のイギリスのタブロイド紙にきみの写真が載っていた。新聞は大使館で手に入る。そこに推理作家のJ・W・パクストンは女性だと書いてあった。本当なんだね？　ぼくは作品を全部読んだが、女性だとは思ってもみなかった。きみの本は本当に……すばらしい」彼は顔を赤らめて締めくくった。

金髪でひょろっと背の高いこの男性の賛辞に、ウィローはていねいに礼を述べた。彼はアテネのイギリス大使の第一秘書だった。最新作のサイン本をもらう約束をとりつけ、チャールズはようやく離れていった。

「またひとりファンができたようだね」チャールズが室内に消えると、テオが言った。

「きみが誰か、みんなが知るのも時間の問題だ。なかに戻って読者に会いたいかい？」

「読者というほどはいないと思うわ。一作目のギリシア語の翻訳が出てから、まだ一カ月かそこらだもの、誰もわたしのことなんか知らないわよ」

「チャールズがすぐに広めるだろう。金以上にギリシア人の気持ちを引きつけるのは文化だ。文筆のような分野はとくにね」

「ギリシア人のあなたの意見を拝聴しておくわ」ウィローは体をねじってテオを見た。

「でもできることなら、パーティには戻りたくないの。もう人にはたっぷり会ったもの」

テオの手が彼女の腕をつかんだ。「おいで」不意をついて、彼は激しいキスをした。

この二日間、テオは性的な意味で彼女に触れていなかった。結婚に同意を得たので、もう興味をなくされたのかとウィローは思っていた。でも今、思いがけない熱いキスを受けて、それは間違いだったとわかった。彼に手を引かれるまま、何も考えず石段を下りて庭に向かう。

五分後、ウィローは小さな円形の中庭《パティオ》に立っていた。かぐわしい花をつけた低木がまわりを囲み、中央に据えられた噴水から水がちょろちょろ流れている。

「まるで秘密の花園ね」ウィローはぐるっと周囲を見てほほ笑んだ。「神秘的で美しいわ」

「きみと同じだ」テオが深みのあるかすれた声で言う。「この世のものとは思えない」

意外な言葉にウィローは喉をつまらせ、立ちすくんだ。彼は巧みに配された外灯の光のなかに立っている。そのすばらしい姿からウィローは目をそらすことができなかった。長身で、たくましく、日に焼けて、とびきりハンサムだが、それだけではない。彼はあらゆる意味においてすばらしい。彼の声、男性的な匂《にお》い。味わいも力強さもあり、服を着ていてもいなくても、百九十三センチの体のあらゆる部分が彼女の目を楽しませてくれる。

胸が硬く張ってきたのを感じ、ウィローは乾いた唇を舌で湿らせた。もっとも原始的な意味で彼が欲しい。そう気づいて、驚きの目を見開く。

「どうした、ウィロー?」テオが黒く輝く目で彼女を見据えながら近づいてきた。二人のあいだの空気が高まる官能でぴんと張りつめる。

ウィローは首を横に振った。ピンでゆるくとめていた長い髪がほどけ、さざ波のように背中にたれた。テオと二人きりだと自分がとても官能的になるのは認めていないし、そんな自分が好きなのかどうかもわからない。ウィローは力なく、自分の感情を打ち消した。

「別に……」頼りなげにつぶやく。

しかし、彼女を抱き寄せるテオの腕にも、キスにも、頼りなげな様子はまったくない。彼の舌を味わったとたん、ウィローは彼の首に両腕を巻きつけた。

彼の唇が離れるとウィローはうめいた。だが、温かい唇が喉をたどっていくのを感じて、喜びの吐息をもらす。テオはうなり声をあげて彼女のドレスを下げ、胸のふくらみを見つけた。硬くなったその頂に彼の舌が這《は》う。ウィローは興奮でぞくぞくし、身をのけぞらせた。

片手でテオの髪をまさぐり、もう一方の手を彼のシャツのボタンに伸ばす。ボタンをひとつ引きちぎり、シルクのシャツのなかに手をすべりこませて、厚くたくましい胸板をさすった。てのひらに激しい鼓動を感じる。テオも自分たちをつなぐ激しい衝動を必死で抑えていたのだとわかって、ウィローはうれしかった。それなのに……。

テオが頭を起こした。「実に感度のいい胸だ」彼は欲望にくすぶる目でウィローの目をのぞき、ため息まじりにドレスをもとに戻した。「でも、ここはよくない」自分の胸にあてがわれた彼女の手を払いのける。

体中の神経が生々しい興奮に震えているなか、ウィローはショックを受けた。自分が恥ずかしくなる。彼に引っかかってしまった。

その心を読んだかのようにテオは彼女を抱き寄せ、きつく抱いた。「違うよ、ウィロー、ここだと人に見られるかもしれない。そういう意味だ」力強い手で背中をさすられ、ウィローは落ち着いてきた。「ぼくだってつらいんだよ」ゆっくり彼女の体を離し、肩に両手を置く。「でも、木曜日には結婚する。たとえこれから三日間、冷たいシャワーを浴びて過ごさなければならないとしても、今はじっと結婚式の夜を待つことにしよう」

10

三日後、二人はジュディの家の庭で結婚式を挙げた。テオのはからいで、テスと夫のボブ、それにスティーブンの親友のトミーまで、彼の自家用ジェット機でやってきた。

体にぴったりしたクリーム色のストラップレスのドレスに身を包み、テオから結婚の記念に贈られた二つのダイヤモンドのクリップで髪をとめたウィローは、長身の美しい彫像のような姿で、夏の暑い日差しのなか、新郎とともに記念撮影のポーズをとっていた。

プロの写真家が二人に呼びかけた。「はい、もう一枚お願いします。今度はご家族と一緒に。これだけ撮れれば、お孫さんたちに見せる分も充分ですよ」

〝お孫さんたち〟という言葉を聞いて、ウィローはふたたびテオの子を身ごもったらどうなるだろうと不安になった。二日ほど前にアンナと外で昼食をとったとき、子供のことが話題になり、ウィローはアンナの口添えで彼女の主治医のもとを訪れた。簡単な検査の結果、妊娠はしていないことが判明した。今、彼女はピルを服用している。最初の一カ月は確実とは言えないけれど、うまくいけば妊娠しないだろう。

それでいいのよ。また子供ができたら、たっぷり愛情をそそぐにしても、あえて危険を冒そうとは思わない。この結婚は八年だけの約束で、生涯続くわけではないのだから。予防措置をとったことはテオに黙っておこう。彼は彼女の人生を完璧《かんぺき》なまでに支配している。でも、もっとも個人的な領域においては自分が抑えておくべきだ。ウィローは夫になる男性を警戒するように横目で見た。

その不安そうなまなざしをテオがとらえた。「大丈夫だよ、ウィロー」新婦を両手で抱き寄せ、うっとりさせるほど優しいキスをする。彼女の頭に渦巻いていた不安はいっさいかき消えた。

ただ、スティーブンが業を煮やしてテオのジャケットを引っ張り、母親から腕を離させた。

「パパ、いい加減にしてよ」スティーブンがぷりぷりして言うと、居合わせたみんなが笑った。

シャンパンがふんだんに振る舞われ、美食家もうならせる料理が次々に運ばれてきた。ウィローは自分たちを祝福してくれる人のことなど忘れ、傍らにいる堂々としたテオの存在だけを意識した。弦楽四重奏団が演奏を始めると、テオは恭しく彼女をテラスに連れていった。

「ミセス・カドロス……」勝ち誇ったようなテオの目が彼女の目をとらえた。「ぼくの奥さん……」きつく抱きしめられて、ウィローは彼の広い肩に両手をあずけた。音楽に合わせてゆっくり体を動かしながら、テオが続ける。「きみはまぶしいくらい美しいし、神々しいほどすてきだと言ったかな？」彼女の体をくるりとまわすと、二人の体は肩から腿まで触れあい、脚がからまった。そのときウィローは彼の言葉を九分どおり信じた。

そして、それがシャンパンの酔いのせいなのか、宿命のなせるわざなのか、もはや自分が気にしていないことに気づいた。「あなたもそう悪くないわ」やわらかな唇が開き、官能的な微笑が浮かぶ。シルバーグレーのえんび服と複雑に結んだネックピースといういでたちのテオは、いかにも世慣れた感じがする。「年齢のわりにはね」

「その言葉を今夜思い知らせてやる」テオは彼女の耳元にかすれた声でつぶやいた。「どっちがスタミナがあるか」甘くけだるい声に、ウィローの体は痛いほどうずいた。

いつしか音楽がやんだが、テオは彼女を放そうとしない。

「みんなが見てるわ」ウィローは彼の熱いまなざしから目をそらした。自分の目に飢餓感や、必死で隠そうとしている欲望が表れているのを見られるのが怖かった。

一週間ともに過ごすうちに、テオのスティーブンに対する愛情は本物だとウィローは確信した。自分のほうは、彼にとっておまけのようなもの。そう思っていないと、ひどい目にあう。けれど、もう遅すぎるのではという不安もあった。すでに彼を愛しているの？わからない。テスがそろそろ着替えの時間だと告げに来たとき、面倒な問題を一時的にも忘れられることにウィローはほっとした。

「妻の体からそのみごとなドレスを脱がせる喜びを、ほかの誰にも渡すものか」テオがにやりとしてテスに言った。「彼女をそのままヘリコプターに乗せてさらっていくよ」

「わたし好みのかたね」テスが笑う。「ボブのものでなかったら、心を捧《ささ》げてしまいそう」

「テスったら！」ウィローは諫《いさ》めた。

「いいじゃない、ウィロー。知りあって何年もたつけど、テオに会うたびに、テスはどうかなってしまう。あなたがほかの男性に目を向けたことはほとんどなかった。その理由がやっとわかったわ。幸運な人。最初から最高の男性だったのね。テオに会ったとき、すぐに彼がスティーブンの父親だとわかったわ、あなたにとってかけがえのない人だって。そうそう、お友達のデイブに、あなたが結婚すると伝えておいたわよ。さあ、ハネムーンを楽しんでらっしゃい。スティーブンはわたしとボブが見ているし、遊び仲間のトミーもいるわ」

ウィローはデイブのことをすっかり忘れていた。テオのおかげだ。デイブとはこの一年、軽いつきあいを続けてきたが、一度も特別な感情をいだいたことはなかった。恋人というより、単なる仲間だ。

「デイブのことは忘れろ。ヘリコプターが待っている」テオはウィローの腕をつかみ、スティーブンをもう一度抱いてキスをすると、彼女をかっさらっていった。

ヘリコプターの轟音《ごうおん》にかき消されるまで、彼女の耳にはみんなの祝福の言葉が鳴りひびいていた。

見晴らしのすばらしい岬にあるホテルはこの世のものとは思えなかった。二人がいるのはとびきり上等のスイートルームだったが、ウィローは神経質になっていた。開いたガラス戸の向こうにはテラスが広がっている。彼女は気持ちを落ち着けようとテラスに出た。暖かい夜気を胸いっぱいに吸いこみ、絶景に目をみはる。

「シャンパンはどうだい？」テオがウィローの背後にやってきた。

「信じられないくらいすてきなところね。でもわたしたち、ここでいったい何をするの？」ヘリコプターで三十分ほど飛んで着いたところは、ホテルのヘリポートだった。二人はホテルの支配人に出迎えられ、まっすぐこのスイートルームに案内された。ここ数日で初めてウィローはテオと二人きりになった。高まる期待と不安に、神経が張りつめている。「状況を考えると、ハネムーンに来る必要があったとは思えないわ」

テオは彼女の腰に手をまわして抱き寄せ、そのたくましい体に押しあてた。「ここは、ごくプライベートなホテルだ。状況なんか問題じゃない。ぼくはきみを選んだんだ」彼女を自分のほうに向き直らせ、つけ加える。「ぼくの妻として」

いいえ、実際は……。彼は息子への愛情のとりこになっているのだ。ウィローはゆっくり顔を上げた。テオは濃いまつげをなかば伏せ、陰りのあるまなざしを向けていたが、そこには彼女を自分のものにしようという意志がありありと見てとれた。

「あいにく月曜日にはアテネに戻らなければならないが、ぼくにはハネムーンが必要なんだ」テオは苦笑いを浮かべた。「息子は愛していても、きみと二人きりになる時間も必要だ」彼の表情は真剣そのものだった。「この結婚は必ずうまくいく。チャンスがないとは言わないだろう?」

彼はわたしが必要なの? それとも、どんな女性でもいいの? チャンスって? 「ええ、言わないわ」ウィローはつぶやいた。彼女はテオを切に求めていた。

テオが彼女の頭を両手で包んだ。黒い瞳に浮かぶ濃密な感情や、むきだしになった欲望に、ウィローは圧倒された。

一週間前までは自立したシングルマザーで、小説家としての才能を称賛され、記者たちの喝采《かっさい》を浴びていた。それが今やひとりの男性の妻になり、ある一定の期間、富と情熱を約束されている。こんなに劇的に世界が変わっていいの? 困惑を浮かべた青い瞳がテオの瞳とぶつかった。

彼は頭を下げ、彼女の唇をキスでふさいだ。最初はそっと触れるだけだったキスが、やがて彼女の口の内側をまさぐる激しいものになり、ウィローの体は彼の腕のなかでとろけていった。

「寝室はどこかな」テオがかすれた声でくすくす笑いながら彼女を抱きあげた。その首筋にウィローが顔をうずめる。テオは彼女を寝室まで運ぶと、ゆっくり床に下ろした。

次の瞬間、ウィローはあえいだ。彼の手がウエディングドレスのわきのファスナーを下げている。震える体から脱がされたドレスはサテンのかたまりとなって足元に落ちた。

「一日中こうしたくてたまらなかった。ドレスは申し分ないほどすてきだけど、きみのほうは……」テオは喉がつまり、そのまましばらく彼女を抱いていた。「きみの美しさは完璧だ」

テオは彼女の姿をじっくり眺めた。盛りあがった胸、ほっそりしたウエスト、ただひとつ身につけた小さなシルクのショーツに包まれたヒップ。彼が視線を上げると、ウィローはその目の奥に激情を認め、胸が高鳴った。

テオは彼女の髪からダイヤモンドのクリップを恭しいほど優しいしぐさではずした。彼女の顔を自分のほうに向け、深く息を吸いこむ。「初めて会ったときからきみの髪の匂《にお》いを覚えている。もぎたてのりんごの匂いだった。今も変わらない」かすれた声でつぶやき、あとずさって、彼女の長い髪を肩まで撫《な》でつける。

「習慣ね。ずっと同じシャンプーを使ってるの」ウィローはテオが覚えていたことに感動した。少しは好意を持っていてくれるのかもしれない。でも彼はもう触れようとはしない……触れてほしいのに。彼女の五感は、優しさや情熱を秘めた彼の思いがけない態度に火をつけられていた。

ふいにテオが頭を下げてウィローの喉にキスをし、自分の服をはぎとりながら、ついばむように鎖骨までキスの雨を降らせていった。やがてすべて脱ぎ捨てると、顔を上げ、軽く開いた彼女の唇をすばやく奪った。目を見開き、彼女の肩に手を置く。

「きみの肌がどんなに白くなめらかだったか想像したが、それは思い出を美化しているんだと思った。でもそうじゃなかった」テオの視線は彼女のむきだしの肌をさまよった。「完璧な真珠のように透きとおるほどだ」

テオは両手でウィローの張りつめた胸をゆっくり撫でおろした。円を描くように指を這《は》わせ、硬くなった胸の先端にじらすように触れてから、その手を腰までゆっくり下ろし、彼女の体を隠している小さなレースのショーツを両手の親指で下げた。

ウィローは喜びのあえぎ声をもらした。両手を伸ばして彼の首にまわす。あらがいもせずに屈したらだめなの？　いいえ、そんなことはない。テオはわたしの夫で、そう、わたしは彼を求めている。ウィローは顔を傾けてキスを受け、彼の髪に指をからませて顔を引き寄せた。期待に胸がときめき、唇がうっすらと開く。

テオは彼女の唇のみずみずしい輪郭を舌先でなぞり、片手を魅惑的なおなかに這わせて、腿の付け根にたどり着いた。感じやすい部分を長い指が発見し、ゆっくり巧みになぞると、吸いこまれそうなほど青い瞳が大きく輝いた。ウィローは体が歓喜に打ち震えるのを抑えられなくなった。彼の胸も激しく鼓動している。テオはたくましい両手で彼女の体を抱きあげ、ベッドに横たえた。

　彼女との新婚初夜を生涯忘れられないものにするつもりだった。テオは彼女の唇を奪い、激しく脈打っている喉元に唇を押しあて、それから優しく吸った。シルクのようになめらかな肌に酔いしれ、舌を這わせて、口づけしながら、胸のふくらみまでゆっくり近づいていく。きれいなばら色の先端を優しく噛《か》み、ウィローが興奮にあえぎ声をあげるまで貪欲《どんよく》にむさぼった。

　彼女のあえぎ声を楽しみながら、もう一方の胸にも同じことをすると、ふたたびすばらしい反応を得た。唇をじらすように下げて腿のあいだにたどり着くと、テオの肌は玉のような汗で光り、胸の鼓動が激しくなった。

　ウィローは熱く潤い、彼の体の下で激しく身もだえした。彼女は早くひとつになりたかったし、テオは痛いほど硬くなった欲望の高まりを彼女に迎え入れてほしかった。だが彼は突きあげる衝動と闘い、彼女のなかに指をすべりこませた。ほの白い彼女の美しい体がうっすらと赤く染まり、青い瞳がぼんやりかすむのを見ると、テオの浅黒い顔に勝ち誇った笑みがよぎった。

　ついに彼女を自分のものにしたのだ。彼女はぼくの妻だ。テオは熱い情熱をこめてキスをした。

「ウィロー、いとしい人《アガペ・ムー》」震える両手で彼女のほっそりした腰を傾け、なめらかな彼女の奥深くまで指をさし入れる。

「テオ……」快感の波があとからあとから押し寄せてくると、ウィローはただあえぐばかりだった。歓喜のあまり彼の胸をかきむしり、彼の腰を両手でつかむ。「お願い」ウィローはすすり泣いた。快感と苦痛のはざまに置かれ、激しい責め苦を受けているようだ。

「まだだ」テオは自分を抑え、ウィローの表情をうかがいながら唇をキスでふさぎ、高みまで彼女を押しあげた。それでも強い自制心を働かせ、もう一度ウィローの胸のふくらみを味わう。そしてついに彼女のなかに侵入した。だが彼女が絶頂に達しそうなのを感じて、テオは身を引いた。

「お願い、テオ、やめないで」ウィローは叫び、目を閉じたまま、引きしまった彼のお尻に爪を食いこませ、やみくもにキスを求めた。「早く……もうこれ以上待てない……」

彼女の熱い訴えを聞いて、テオの自制心は砕け散った。テオは彼女の奥深くまで一気に侵入した。そのリズムをとらえてウィローは動きを合わせ、二人は同時に絶頂を迎えた。それまで長引かせてきた快感が爆発し、彼はウィローのなかで解き放たれた。二人の体は激しいエクスタシーの余韻に震えた。

しばらくして鼓動が静まると、テオは起きあがり、彼女の顔にかかる乱れた髪を払いのけた。美しい目がけだるそうに彼を見つめる。

「まあ」ウィローが夢見心地でつぶやいた。

「たったそれだけ？　作家のわりには語彙《ごい》が貧困だな」テオは熱いキスに腫《は》れあがった彼女の唇に指を這わせた。

「頭が空っぽなのに、何を言えというの？」ウィローが不満をもらす。彼女はまだ浅い息をしていた。

「よし、いつもきみの頭を空っぽにしてやる。そうすれば結婚はうまくいく」テオはふたたび仰向けになり、彼女の体を引き寄せた。

陶酔状態とはいえ、ウィローは彼の言葉を聞き流せなかった。「妻の頭が空っぽで何も考えないと結婚はうまくいくと思ってるの？　だからダイアンと離婚したの？」

たちまちテオが緊張するのがわかった。顔は険しく張りつめている。今の言葉をとり消せたら……。

「ごめんなさい。言いすぎたわ」ウィローは彼の胸から腕を離し、仰向けになった。

「いいんだ」テオが静かに言う。彼は横向きになり、彼女の顔を見た。「きみには本当のことを話そう。ダイアンと離婚したのは、彼女がほかの男とベッドにいるのを見つけたからだ」

あまりにも意外な返事に、ウィローはまじまじと彼を見た。テオはとびきりセクシーな美男子で、日に焼けた体にはたくましい力がみなぎっている。冗談を言っているとしか思えない。「まさか。信じられない」

「慰めているつもりなのか」テオは冷笑的に眉をつりあげた。

「わたしが言いたいことはわかるでしょう」

「いや、わからない。説明してくれ」片方の肘をつき、食い入るように彼女を見る。「不義密通は男だけの特権ではない」

「ええ、そうよ」こんな会話を始めるのではなかったと後悔したが、思ったままを言ったほうがいいのかもしれない。「でも、あなたはハンサムで大富豪だから、何人もの女性とつきあってきたはずよ。それにダイアンとの婚約中にわたしと浮気して、それでも彼女と結婚したことを考えれば、あなたが浮気した可能性のほうが大きいわ」

「ご賢察痛みいるよ。でも見当違いもはなはだしい。きみとベッドをともにしたとき、ぼくはダイアンと婚約なんかしていなかったし、そもそも前日に別れたばかりだった」

ウィローは驚きに目をみはった。彼は真剣そのものだ。信じないわけにはいかない。わたしはずっと誤解していたの？

「言っておくが、あの前日、ぼくはダイアンのところに泊まった。でも寝たのは客用の寝室だ。彼女がセックスを武器に結婚を迫ったから。ぼくはどんな女性にも、そんなまねは許さない。たとえきみでもね、かわいい奥さん」

「わたしがそんなことを……」ウィローは苦笑いを浮かべた。男性についての知識が乏しいので、どうきりだせばいいかわからない。

「とにかく、ぼくはダイアンにこれで終わりだと告げて、さっさと別れてきた。翌朝、彼女から何度も電話があったのは、もう一度やり直したいと言うつもりだったんだろう。きみも電話に出たらしいね。たぶん彼女は恋敵が現れたと思ったに違いない」

「とんでもない。わたしは、あなたがまだベッドのなかだと言っただけよ」

テオはあっけにとられた顔で彼女を見た。「ああ、ウィロー、いとしい人《アガペ・ムー》」さざ波のように波打つなめらかな髪を長い指ですき、彼女の胸の丸みをゆっくり撫でる。「なんて無邪気なんだ。そんなことを言ったら、きみも一緒にベッドにいたことを認めたも同然じゃないか」

「そんな」ウィローは自分がばかみたいに思えてきた。だがテオに胸をさわられているので、考えをまとめて言葉にするのが難しい。「でもあなた、彼女と結婚したじゃない」彼女は言い返した。

「ああ。なぜかわかるか？　きみのせいだよ。きみがぼくに体を投げだして逃げたあと、ぼくがどんな思いをしたかわからないだろう。一緒にいてくれと言った女性が、朝になったら消えていた。そのあと、きみがまだ十八歳で、あの日高校を卒業したばかりだと妹から知らされたんだ」

「それで空港まで追ってきたのね。あのときは不思議でならなかったの」

「自分のしたことが恥ずかしくて、きちんとしたかった。きみにもう一度会いたかったたんだ」長いまつげに彼の表情が隠れた。「ぼくは二十八歳の独身貴族だったが、きみにプロポーズしてもいいとまで思った。でも、すぐにきみが思いとどまらせてくれたけどね」自分をあざけるように言う。「きみがあっさりバージンを捨てたことに対する憤りと、かなり若い娘《こ》を誘惑したという自己嫌悪にさいなまれ、ぼくは三カ月間飲んだくれた」

「たしかにわたしは若かったわ。空港であんなことを言ったのも、あなたが浮気な人で、あの婚約者のようにじっと耐えて待つ女性が世界中のあちこちにいると思ったからよ」

「ひどい印象を与えたものだ」テオは表情豊かなウィローの顔を目で追い、彼女が真実を話しているのだと確信した。「きみに姿を消されて、ぼくの自尊心はずたずたに打ちのめされた」彼は顔をしかめた。「ダイアンのことだが、彼女はじっと耐えて待つタイプではない。これでもかというほど誘ってきた。おかげでぼくは自尊心をとり戻し、彼女と結婚したんだ」

「悲惨な話ね」ウィローはおぼつかない手を伸ばして彼の腕にかけた。彼を見つめる青い瞳には同情があふれている。「想像もしなかった」

「もういいんだ。ダイアンはぼくの会社が世話になっているニューヨークの法律事務所の共同経営者だから、結婚はその延長のようなものだった。ぼくが海外出張から予定より早く戻ったとき、彼女がほかの男とベッドにいるのを発見しなければ、結婚はうまくいっていたかもしれない。結婚して四年たっても子供が生まれる兆しはなかったから、離婚するのは別に大変じゃなかった」

子供という言葉が出たせいで、ウィローはたちまち緊張した。つまりテオは、二人の結婚の理由がスティーブンだと念を押しただけなのだ。多くを望んではいけない。けれど、彼の厳しいハンサムな顔を見つめているうちに、息も止まりそうなほど熱いものが下腹部を駆けめぐり、視線をそらせなくなった。彼の力強い官能的なキスが欲しくてたまらない。ウィローは唇の乾きを舌で湿らせた。

そんな彼女を見て、テオはうなじに手をまわし、ひと房の髪を手に巻きつけて彼女の顔を引き寄せると、むさぼるようにキスをした。ウィローはこみあげる喜びにあえいだ。

「話はもういい」テオがかすれた声で言う。「もう一度きみが欲しい」

ウィローはみだらな魔法にかけられたように、彼に愛された。お返しに今度はテオをじらし、味わいつくし、彼の上で身もだえして絶頂に至ると、ただ声をあげて彼にしがみつくしかなかった。

テオがギリシア語で何かつぶやいていたが、そのうち彼女は眠りに落ちていった。

「跡がついてるわ。隠さなくちゃ。スカーフを巻こうかしら」

ホテルのスイートルームの居間でシャンパンを飲んでいたテオは、ウィローが首に手を当てるのを面白そうに見つめた。

「階下《した》のダイニングルームに昼食をとりに行くなら、スカーフをしても無駄だよ。ぼくらがこの部屋に三日間こもりきりなのは、従業員のみんなが知っている。アインシュタインでなくても、ぼくらが何をしているか推測はつくさ」

ウィローは顔を赤く染め、自分の肌が真っ白なのを呪《のろ》った。「でも、今日の午後にはここを発《た》つのよ。わたしはまだホテルを見てもいないんだから。スティーブンやあなたのお母さまにきかれたら、なんて説明すればいいの?」

テオは笑った。「セクシーでかわいいけど、心配性の奥さんだな」グラスをテーブルに置き、ウィローを腕に抱く。「このホテルはぼくの持ち物だ。帰りのヘリコプターのなかで細かい点まで教えてあげるよ。さて、ぼくらは何をしていたんだっけ?」

「なんて強欲な人なの」

「きみだって好きだろう」テオはかすれた声で言い、彼女の甘くやわらかな唇に唇を重ねた。

その日の午後、支配人に案内されてヘリポートまで行く途中、ウィローは白い建物を振り返った。一生忘れない思い出になるに違いない。

魔法のようなこの三日間、彼女はテオの別の面を見た。非の打ちどころのないすばらしい恋人。思いやりにあふれたパートナー。二人は笑い、本や音楽やスティーブンについて語りあった。もちろん、愛の行為も存分に……。

テオが支配人に別れの挨拶《あいさつ》をするのを、まばゆい思いで見つめ、口元にかすかに思い出し笑いを浮かべる。この結婚は教科書どおりではないかもしれないけれど……。

視線を感じて、けげんそうにウィローを見たテオは、喜びにあふれた彼女のほほ笑みに心を揺さぶられた。彼女と結婚したのはやはり正しかった。あんなにすばらしいセックスは経験がない。彼女は理想の女性だ。

ウィローが支配人にていねいに別れの挨拶をするのを見ていると、テオの胸は躍った。彼女は知性も教養もあり、ベッドのなかでは貪欲なほど情熱的で、彼と相性がぴったりだ。そればかりか、ステファノというすばらしい息子までいる。

テオは彼女のほっそりした肩に腕をまわし、待機しているヘリコプターに向かった。ウィローは彼にすばらしい息子を与えてくれた。子供はあとひとりか二人欲しい。ばら色の未来が待っているだろう。ひとつだけ果たさなくてはいけない義務が控えているが……。

11

「もう仕事に出なくちゃいけないの？」成功した実業家の服装に身を包むテオを見て、ウィローは尋ねた。

「ああ」テオは青みがかった灰色のジャケットに袖《そで》を通しながら、ベッドに横たわっているウィローを眺めた。脚にかけたシーツはおへそまで届いていない。彼はなめらかな曲線を描く気品あふれる体に視線を這《は》わせ、セクシーな光景を楽しんだ。「後ろ髪を引かれる思いだけど、急に休みをとった分、仕事がたまっていてね。でも年内には必ずまともなハネムーンに出かけよう」

「まともだったわ」思い出して、ウィローはゆっくり笑みを浮かべた。

「あれがまともなら、まともじゃないきみがどんなだか、早く知りたいよ」ふいに赤面した彼女を見て、テオはくすくす笑った。「夜まで仕事だから、食事はすませてくる」

ウィローは急いで起きあがった。「帰りは何時になるの？」

「どうかな。でも、そんなに遅くはならない」彼女の視線を避けてテオは答えた。「明日はぼくの家に引っ越すから、今夜は母と最後の夜をせいぜい楽しんでくれ。母はこのあと、古い友人を訪ねてアメリカに一、二カ月行く予定なんだ。きみが持ってきた荷物は明日の朝まとめればいいさ。イギリスに残っていた荷物は、テスにまとめてもらって、先週ぼくの自宅に送ってある」

「ここで暮らすわけじゃないの？」めまぐるしい展開にウィローは動揺した。

「当然だろう。ぼくは母から独立して暮らして、もう二十年になる」

ウィローはすっかりまごついた。「知らなかったわ……」イギリスの家から荷物を運ばれたことが引っかかっていた。

「よけいな考えはやめるんだ。ぼくらはうまくやっていけるさ」テオは彼女の頭のてっぺんに短いキスをして、出ていった。


きっと新居が気に入るわよ。わたしの家からもほんのわずかしか離れていないしね。ジュディにそう言われ、ウィローはその朝テオがあわただしく家を出たことなど忘れてしまった。その夜、アクロポリスで行われる音と光のショー《ソンエリュミエール》を見たあと、夕食を一緒にとジュディに提案され、ウィローはめったにない機会に喜んで飛びついた。

ショーが終わると、三人はパルテノン神殿を望む高級レストランで食事を楽しんだ。ジュディが勧める蛸《たこ》の料理をスティーブンが鼻にしわを寄せていやがるのを見て、ウィローは笑った。コーヒーとともに、とびきりおいしいペストリーやアイスクリーム、珍しい果物などを堪能《たんのう》し、ウィローは満足げにため息をついた。

「すばらしい食事だったわ。おなかがいっぱい」

ジュディが顔をしかめる。「あなたは食べても太らないからいいわね。でもわたしは……」彼女は笑った。

「あっ、パパだ！」スティーブンがさっと立ちあがり、駆けていった。

背を向けていたウィローには、ジュディの表情が先に目に入った。ジュディの目は恐怖か怒りの輝きを放ったが、一瞬後にはふたたび笑みを浮かべていた。見間違いだったのだろうか。

「こんなところで会うとはね」ジュディが言った。

ウィローが振り向くと、テオが近づいてきた。彼の片側にはスティーブン、もう一方には目を奪われるような美貌《びぼう》の持ち主が腕をからませている。小柄な体つきで、ブロンドの髪を短くカットし、毛先をとがらせている。飾り鋲《びょう》のついたぴちぴちのピンクのスーツは、いかにもブランドものだ。彼は仕事で遅くなると言っていたはず。ウィローは激しい嫉妬《しっと》の炎に身を焦がした。彼がほかの女性と一緒にいるのを見て、なぜこんなにつらいの？　傷ついた心を長いまつげに隠してテオを見たが、彼の表情からは何も読みとれない。

「うれしい偶然だな、ダーリン」テオは彼女のなめらかな頬にすばやくキスして、ジュデイに笑顔を向けた。「母さん……みんなが街で夜を過ごすとは知らなかった。クリスティンはご存じですよね？」

ジュディは息子の傍らの女性にほほ笑みかけ、ギリシア語で挨拶《あいさつ》した。

この小柄な女性の隣にいると、ウィローは自分が大女のような気がしてならなかった。デニムのスカートと襟ぐりの深いカジュアルな白いシャツという服装なので、なおさら自分が野暮ったく思える。ようやく周囲の人々の顔を見たとき、その場の空気は張りつめていた。その空気を破るようにテオが紹介を始めた。

「ウィロー、彼女はクリスティン・マーカム。〈クリスマーク・インターナショナル・インテリア〉の社長で、インテリアの世界で活躍している」

ウィローは片手をさしだし、礼儀正しく挨拶を返した。「はじめまして」

「こちらこそ」クリスティンは彼女の手を軽く握った。「お噂《うわさ》はテオからたっぷり伺ってるわ。お会いしたかったのよ」ウィローの飾り気のない服や無造作な髪を見る彼女のまなざしは冷ややかで、ばかにしているようだ。

ウィローは身をこわばらせ、横目で夫を見た。彼の頬がかすかに赤らんだようだが、すぐに何も読みとれない顔つきになった。ウィローはうわべこそ穏やかな表情を保っていたが、頭のなかはフル回転していた。テオはわたしが恥ずかしいの？　浮気を見つかってばつが悪いの？　その両方だろうか？　嫉妬心がこみあげ、吐き気に襲われる。あまりにもつらすぎる。

彼女はいつものように見ないふりをして、冷ややかな丁重さで応じた。

「本当に？　それはどうも。あいにく、あなたのことは伺ってなかったので、こちらこそとは言えませんけど」とげのある言い方だが、ウィローは気にしなかった。

「クリスティンはうちのホテルの改築を終えて、ニューヨークから戻ってきたところなんだ」妻の青白い顔を見てテオは眉をひそめ、優しく言った。「今日は、食事をとりながら最後の細かい打ち合わせをしなければならない」

嘘《うそ》ではなかったが、まるきりの真実でもない。テオはこんな形で両者が鉢合わせした不運を呪《のろ》った。しかし〝ぼくらが結婚したとき、愛人だった彼女とは連絡がとれない状況だった。今日は関係が終わったことを告げるために会うことにしたんだ〟などと妻になった女性に言えるわけがない。

「ええ、今朝、そう言っていたわね」ウィローは確信を得ようとして彼の母親を見た。ジュディがまったく気にしない様子でほほ笑んでいるので、ほっとした。大丈夫、わたしの邪推にすぎないわ。

テオにふたたび目をやったとき、彼女の顔に陰りはなかった。

「お邪魔はしないわ」ウィローは言った。「わたしたちは食事がすんで、これから帰るところよ。スティーブンがベッドに入る時間だし」

テオは怒りと困惑に引き裂かれた。母のとがめるような目も気になるし、妻や息子の無邪気な態度も不安をつのらせる。しかし彼は一瞬たりともそんな気持ちを顔に出さなかった。

代わりに、美しい妻の顔にほほ笑みかける。「じゃあ、ステファノと母を頼むよ。母の運転には注意してくれ。気分がいいとスピード狂になるんだ」手を伸ばしてほつれ毛をウィローの耳にかけ、彼はかすれた声で言い添えた。「待っていてくれ。すぐに帰るから」

その夜のテオはいつになく穏やかで、思いやりにあふれた情熱でウィローと愛を交わした。彼女の疑念はすっかりぬぐい去られた。

それから六週間後、ウィローは化粧台の前で唇にリップグロスを塗っていた。アテネのオフィスにいるテオから、もうすぐ帰宅すると電話があったのだ。今夜二人は、イギリス大使館で開かれる、国際的なビジネスマンを集めたパーティに出席することになっている。その前にチャールズからも電話があり、母親のために彼女の著作を一冊持ってきてくれと頼まれていた。チャールズとは何週間も前から親しくつきあっているが、彼はゲイなので、テオが嫉妬することもない。

ウィローは鏡の下の小さな引き出しに口紅をしまってから、避妊用ピルを手にとった。もうそろそろ捨て時かもしれない。

結婚生活は想像以上に順調で、この数週間は完璧《かんぺき》と言ってもよかった。スティーブンもギリシアでの暮らしに驚くほどすんなり溶けこんでいる。遺伝子が働いているのかもしれない。彼は楽々とギリシア語を理解しつつあった。そしてウィローと同じくテオを崇拝している。

テオは思いやりあふれる夫で、すばらしい恋人でもあった。編集者に会うため、イギリスに日帰りで行けないものかと相談したときも、彼は不平を言うどころか、家族三人で小旅行をしようと四日間の休暇をとってくれた。

さまざまな贈り物もくれる。結婚プレゼントのダイヤモンドのヘアクリップ、結婚一週間目の記念に婚約指輪とおそろいのダイヤのペンダント、彼女が著作活動を続けていくための快適な書斎、そして二人で外食したときに街角の花売りから買ったばらの花一輪。

テオが彼女のために多額の預金のある口座を用意し、毎月の小遣いを与えると言ったときには、言い合いになりそうだったが、彼はウィローを抱いて言いくるめた。愛の行為はすばらしくなる一方で、二人の愛の絆《きずな》は日に日に堅くなっている。

家政婦のミアは有能な料理人だった。彼女の夫と二人の通いのメイドによって家事はうまく切り盛りされている。今夜スティーブンは祖母のところへ泊まりに行き、ミアと夫は夜間は仕事を休んでいるので、家のなかはひっそりしていた。

ウィローは部屋を見まわした。玉にきずはこの家だ。ここはテオがダイアンのために建てた家。そんなことはどうでもいいでしょうと自分に言い聞かせても、気になってしまう。屋敷は豪華で敷地も広く、セキュリティシステムは厳重だった。彼女はほかの女性のために建てられた家に閉じこめられているような気がした。

けれど日を追うごとにたしかになっていく結婚生活を台なしにしたくないので、彼女はテオに何も言わずにいた。

たぶん来月になったら……。ピルを一錠とり、グラスに水を入れようとバスルームに向かう。

「水の流れているわけが、ぼくの考えどおりだといいんだが」テオの抑揚のある声がした。ウィローは驚き、さっと振り向いた。グラスを落とすところだった。白い頬が赤く染まる。彼はスーツもシャツもネクタイもはずし、黒いボクサーパンツだけの姿で立っていた。ウィローの気品ある体を、官能的な目で眺めている。

「水を飲もうと思ったのよ……喉が渇いて」彼女はあわてて答えた。

テオはいぶかしげな目で、彼女の薄化粧をほどこした顔や、頭のてっぺんに結いあげた豊かな黒髪、胸の谷間におさまっている、彼がプレゼントしたダイヤのペンダントを見た。銀色に輝く大胆なカットのイブニングドレスは彼女のすばらしい曲線をあますところなく見せ、膝上五センチのスカートが長い脚をあらわにしている。彼が服装にうるさくなければ、彼女にはいつも全身を覆う長いコットンドレスを着てもらうところだ。魅力的な体をほかの男の目にさらしたくないから。

テオはにやりとし、ため息をついた。「信じられないほどすてきだ。スカートがちょっと短すぎるかもしれないが……。一緒にシャワーを浴びたかったな」近寄って、彼女の額にキスをする。「ぼくの気が変わらないうちに出ていってくれ」彼は彼女の腰を軽くたたいてボクサーパンツを脱いだ。

しばしウィローはその場に立ちつくした。額に軽くキスされたとき、彼の体がすでに張りつめているのを感じて、彼女はいつものように体がとろけそうになった。

「それとも、きみも気を変えたい？」

「えっ？」ウィローは潤んだ目で彼を見た。「だめよ、悪い人ね」

「あとできみをいただくよ、必ずね」テオは寝室に向かう彼女に笑いながら言った。

「階下《した》で待っているわ。寝室にいると、どういうことになるかわからないもの」

華麗なパーティだった。子供時代に母親とあちこちのイギリス大使館で休暇を過ごしたことがあるウィローは、このような集まりに慣れていた。外務省の人間の結びつきは堅い。数週間前にも、ギリシア駐在のイギリス大使に夕食の席で会い、ウィローの両親を知っていると大使から聞かされて、うれしい驚きを味わった。

ウエイターたちがきびきびと動きまわって、シャンパンやカナッペを給仕している。ウイローはパーティを心から楽しんだ。レオも出席していて、きれいな女性が目にとまるたびに言葉を交わしているようだ。

クリスティン・マーカムは、前も背中も大きく開いた、体にぴったりした白いサテンのスリップドレス姿で、胸の先端がくっきり見え、人々のあいだに興奮を巻き起こしている。

ウィローはテオの腕に抱かれていたが、からかうように彼の顔をのぞいた。「わたしのドレスが短すぎると言ったわね。じゃあ、クリスティンは自分のドレスが透けて見えるのを知っているのかしら?」

「ああ、彼女は見せびらかしているのさ」テオは皮肉るように片方の眉をつりあげた。彼はクリスティンに求婚するという過ちを犯さなかった幸運に感謝した。

「ここにいたのか、ウィロー」チャールズが近づいてきた。少年っぽさの残る顔に笑みが浮かぶ。「母にお願いした本を持ってきてくれた?」

「もちろん」ウィローはほほ笑み返した。「ちゃんと――」

「チャールズ」テオがさえぎった。「悪いけど、ちょっと妻を見ていてくれないか。スタブロスが来たので、挨拶してくる」彼はすまなそうにウィローに言った。「いいかい? 仕事の話があるんだ」

「どうぞ。それがこのパーティの趣旨ですもの」ウィローはちゃめっけたっぷりに続けた。「五分くらい自分の面倒は見られるわ」

「そうだった」テオは彼女の顎を撫《な》で、軽くキスをした。「すぐに戻ってくる、ダーリン」

彼は人込みを縫って離れていった。

「くそっ、夫婦愛か。ぐっとくるな」チャールズがからかった。「ところで本はどうしようか。ぼくは土曜日にイギリスへ戻るんだ」

「ショールと一緒に婦人用クロークにあずけてあるの。とってくるから、待っていて」

「一緒に行くよ。テオから仰せつかったんだ。いつも思うんだけど、彼がゲイじゃないのが残念でならない」

「チャールズったら」ウィローはドアの外に彼を残し、笑いながらクロークルームに入っていった。

なかはL字形の丈の高い衝立《ついたて》で化粧室と区切られていた。ウィローからチケットを受けとったクローク係は、穴蔵のような場所に荷物をとりに行った。ウィローはみごとな漆喰《しっくい》天井を見上げた。この大使館は大きくて上品なジョージ王朝様式の建物で、時代に見合うよう、センスよく改築されていた。

そのとき人の話し声が聞こえた。テオの名前を耳にして、ウィローは聞き耳を立てた。

「クリスティン、テオ・カドロスはとんでもない男ね。彼はあなたと結婚するものと、みんな思っていたのよ。あなた、よく平気でいられるわね」

ウィローはたちまち顔色をなくした。たぶん、チャールズの秘書の声だ。電話で二度ほど話したし、イギリス大使と会った夕食の席でも顔を合わせたことがある。彼女は三十代のイギリス人で、チャールズによると大のゴシップ好きらしい。

「どんな女性にも負けないつもりだけど」これは間違いなくクリスティンの声だ。「八歳になる息子がいては勝ち目がないわ」

「アテネに帰ったら、彼が再婚してたなんて、ショックだったでしょうね」

「そうでもないわ。テオからニューヨークに電話があって、デートの約束をしたのよ。彼の婚約パーティの噂は聞いていたし。彼がハネムーンから帰った翌日、一緒に夕食をとったの。どんな話かはわかってたわ。テオは紳士だから、何もかも話してくれた。そのレストランで彼の妻や息子にも会ったし」

「あら、そうなの？」興味津々といった声に、ウィローの胃はひっくり返った。「ダイアンは、あなたが彼女の家の内装を手がけてすぐに彼と離婚したのよね。歴史は繰り返す、かしら」

クローク係が戻ってきたが、クリスティンの返事に耳を傾けていたウィローはうわの空で本を受けとった。

「そうね。夕食のあと、彼はこのダイヤのネックレスをくれたの。まだ終わったわけじゃないってことよ」クリスティンはいたずらっぽく言って笑った。

それ以上聞く必要はなかった。ウィローは逃げるようにクロークルームを出て、チャールズの前を素通りした。両開きドアが開いていたので、そのまま庭に出る。夜気を胸いっぱいに吸いこみ、のみこまれそうな吐き気と闘おうとした。体が止められないほど震えている。

ハネムーンでテオとウィローが巨大なベッドで体をからませている光景が、ハネムーンから戻った翌日に彼がクリスティンとまったく同じことをしている光景と重なった。

よくもそんなまねができたわね。レストランで会ったとき、彼女を平然と紹介するなんて、サディスティックな人！　そういえば彼の母親の目がちらっと光っていた。ウィローはうなり声をあげた。彼の母親は知っていて何も言わなかったんだわ。なお悪いことに……テオは愛人とベッドをともにしたすぐあとでウィローを抱いたのだ。いつになく穏やかな抱き方だったので、彼が自分のことを大切に思ってくれているからだと信じたが、現実は疲れていただけなのだろう。

ウィローは自分がこんなにも愚かだったとは信じられなかった。表彰ものの間抜けだ。本当に彼を愛していると思っていたし、彼も同じように感じているかもしれないと思っていた。不覚にも涙が頬を流れ落ちた。たぶんずっと以前から愛していたのだ。身を切るような悲しみに襲われたが、ウィローは声をあげないよう、握りしめた拳《こぶし》を口に押しあてて関節をきつく噛《か》んだ。

12

「ウィロー、どうした?」チャールズの指がわき腹を押さえた。「震えているじゃないか」彼はすばやく彼女の肩に腕をまわして抱き寄せた。

ウィローは涙をためた目で彼を見た。「チャールズ、わたしをここから連れだして」嗚《お》咽《えつ》の合間にささやく。

「気が動転しているんだな。テオを呼んでこよう」

「やめて。彼はいや」ウィローは叫んだ。

「わかった。ぼくのオフィスに行こう。そこでわけを話してくれ」チャールズは彼女を連れて建物の外をまわり、別の入口から大使館のなかに入った。そして自分のオフィスへ行き、ソファに彼女を座らせた。「ブランデーでも飲んだほうがよさそうだ」彼は机の引き出しから瓶をとりだし、小さなグラスについだ。「これはあくまでも薬として置いているだけだよ」

彼女はさしだされたグラスの中身を一気に飲みほした。強烈な液体が喉を焼いたが、体の震えはしだいにおさまった。

「本当にテオを連れてきてほしくないのかい？　誰かに何かされたのか？」

「違うわ」ウィローは手の甲で乱暴に目元をぬぐった。

「じゃあ、どうした？　何があったんだ？」チャールズは彼女の隣に腰を下ろし、肩に優しく手をまわした。もう一方の手で彼女が握りしめている本をとりあげる。「この本を渡さなきゃいけないから、悲しくて泣いているわけじゃないだろう」

「そんなんじゃないわ」ほほ笑もうにも唇が震えている。ウィローはこみあげる涙をまばたきでこらえた。「もっとひどいことよ」

わたしはテオに身も心も捧《ささ》げたのに、彼には倫理観のかけらもなかった。利己的な理由のために情け容赦なくわたしを利用したのだ。

「チャールズ、あなたは友達だし、アテネに何年も住んでいるのよね」震える声で彼女はゆっくりきりだした。

「正確に言うと五年かな」

「折りいって、ききたいことがあるの」

「なんなりと」

「正直に教えて」ウィローは青く輝く目でチャールズを見上げた。「クリスティンとテオのことよ」それ以上続ける必要はなかった。チャールズが青ざめた顔で罵声《ばせい》を吐いた。

「どのくらい続いているの？　わたしとスティーブンが現れる前に、テオは彼女と結婚する予定だったの？」

「そうか。きみのすぐあと、クリスティンがクロークルームから出てきたからな」

「最初から何もかも知りたいの。テオは浮気がばれたせいでダイアンと離婚したの？　彼は違うと言っていたけど」あれも嘘《うそ》だったの？　心も凍りつくショックが冷たい怒りに変わった。傲慢《ごうまん》で浮気なろくでなし！「ねえ、教えて」

チャールズはいたわるように彼女を見た。「どうしてもというなら話すけど、単なる噂《うわさ》だよ、ウィロー。ダイアンはテオと結婚して一年後、ギリシアの自宅を改装するためにクリスティンの会社に仕事を依頼した。ダイアンとテオはクリスティンと仲よくなり、社交の場でもよく顔を合わせるようになった。テオとクリスティンがベッドにいるのをダイアンが見つけたという者もいるし、逆にダイアンがほかの男といるところをテオが見つけたという者もいる。公平に言うなら、あれは性格の不一致による離婚だった。どれも嘘かもしれないが、いずれにしてもダイアンはアメリカに戻ったんだ」

チャールズはひと呼吸おいた。

「テオは離婚後、二人の女性とつきあい、一年ほど前からはクリスティンを同伴するようになった。離婚した際の彼女との噂はなんでもなかったんだろう。ダイアンは仕事上、いまだにテオの会社と取り引きしている。彼がニューヨークに滞在中はそれ以上の関係だと言う者もいるが、単なる噂だ」

「最初の質問にまだ答えてないわ。テオはクリスティンと結婚する予定だったの？」

「さあね。だけど、ウィロー、テオはきみと結婚したんだよ。火のないところに煙を立てる必要はないさ。ぼくは女性に興味がないけど、きみのようにきれいで才能のある女性がいたら、クリスティンみたいな女性を欲しがる男なんかいないよ。テオ・カドロスはそれほどばかじゃない」

「ばかなのはわたしよ」

「そんなふうに思うなんて、どうかしている。きみはばかじゃない。それを証明しようとするなんておかしいよ」チャールズは立ちあがり、ドアを指さした。「その向こうに洗面所がある。顔を直しておいで。それから戻ろう……」

ウィローは洗面所の鏡に映る自分の顔を見つめた。青い瞳が苦悩で曇っている。最初から、道徳基準など持たない如才ないテオの生き方に自分は向いていないと思っていた。無駄な努力はやめて、そろそろ彼と別れる潮時だ。また苦痛を味わうだろうけれど、あんな人は金輪際、見限るしかない。

十分後、ウィローはチャールズと腕を組んで大ホールに戻った。テオは大使夫妻のいるグループのなかにまじっている。チャールズによると、テオの隣にいるのがスタブラスと妻のアレシアで、その隣にクリスティンがいた。

テオがクリスティンと一緒なのを見て、ウィローは怒り狂った。なんて恥知らず！

「テオはきみの本を全部読んだのかい？」チャールズが尋ねた。

「えっ？」意外な質問に彼女はとまどった。「いいえ、読んでないと思うわ」

「よし、攻撃は最高の防御なり。それでいこう」

「どういう意味？」

「横暴な亭主に、たまには一杯食わせてやるってことさ」チャールズはおどけてみせた。

「きみの著作は三冊とも読んだが、一作目の犯人はどう見ても現実にモデルがいるようだ」

彼はテオのほうに顎をしゃくった。「そして彼は何も知らない」

　チャールズの言うとおり、彼女は処女作の犯人をテオをモデルにして作りあげた。彼は新作しか読んでいないから、そのことは知らないはずだ。

「いいかい、ぼくに話を合わせて」チャールズが指示した。

「ウィロー」二人が近づいていくと、テオが顔を振り向けた。「どこへ行ったかと思ったよ」温かい微笑にウィローはだまされそうになった。

「ぼくのせいだ。ウィローに著作について話を聞いていたら、ものすごく面白くて時間がたつのを忘れてしまった」チャールズが言う。

「それは特別待遇だ」テオは不思議そうにウィローを見ている。「彼女は著作について話さないことにしているんだがな」

「チャールズがあまりにもしつこいからよ」テオを無視して彼女はチャールズに笑いかけた。

「アレシアがきみに会いたがっていたんだ。きみのファンで、全作読んでいるそうだ」テオは自信に満ちた笑みを浮かべ、妻のウエストに腕をまわした。

その何げないしぐさにウィローは身をこわばらせたが、アレシアに神経を集中させた。

「それじゃ、アレシア、あなたもご存じのはずだ」チャールズは年輩の女性に笑みを向けた。「一作目の犯人は、みんなが知っている人間をモデルにしたって」笑いながら思わせぶりにテオを見る。

「もちろん」アレシアは微笑を浮かべた。「よく彼女に書かせたわね、テオ」

テオは眉をひそめた。「何をです?」

「まさかウィローの作品を読んでいないわけじゃないだろう」チャールズがひやかす。

「その、まさかだ。最新作しか読んでない。新婚の夫は忙しすぎて読書の時間がないんでね」テオは如才なく答え、ウィローに輝く笑みを向けた。だが彼女はさっと目をそらした。

「じゃあ、きみは連続殺人犯が自分だと知らなかったのか」

「本当か?」テオは面食らった。殺人犯? 彼は傷ついたが、顔に出すわけにはいかなかった。「きみに協力できてうれしいよ、ウィロー」彼女の顎をつまんで自分のほうを向かせる。

「白状するわ」ウィローはそっけなく言った。彼を見つめる目が冷ややかになる。「小説家はいろんなところから着想を得ないといけないのよ」

テオは彼女の笑顔が妙に明るいのを認め、ただごとではないと察した。

「気をつけたほうがいいぞ、テオ」チャールズがおどけて言う。「次回作は夫を殺す妻の話だ」

「まあ、わくわくするわ」アレシアは茶色の瞳を好奇心で光らせている。「ちょっとだけ教えてもらえない、ウィロー?」

「どうしようかしら」ウィローは居合わせた人々をすばやく見まわし、クリスティンのネックレスに目をとめた。「じゃあ、ちょっとだけ」

復讐《ふくしゅう》心に燃えるウィローは、想像力をたくましくして物語を披露した。

「ある女性が夫のポケットにダイヤのネックレスの領収書があるのを見つけたところから、話は始まるの」彼女はクリスティンに視線を向けた。「そういう豪華なネックレスよ」冷たくほほ笑み、クリスティンがはっとするのを見て、内心喜ぶ。

テオの顔は見なかったが、彼の体がたちまちこわばるのは伝わった。やっぱりそうだったのね。のたうちまわりなさい、ひとでなし。いつのまにかウィローはこの状況を楽しんでいた。

「そのネックレスが自分に買ってくれたものじゃないのがわかっていた妻は、夫に愛人がいることに気づくの。いいえ、ひとりどころか愛人は二人よ。彼は二人の愛人と関係を続けながら、結婚もするような、とんでもない男だったの。もちろん妻の動揺は怒りに変わり、夫を殺すことになるんだけど、完全殺人を狙《ねら》って……」

沈黙が広がった。そこにいる誰もが、その先を聞きたがっている。

「もういいだろう、ウィロー」テオの指が彼女のウエストに食いこんだ。「全部披露しなくても」

「興ざめだな」チャールズが声をあげた。「みんな結末を知りたいんだ」金色の目がウィローへの敬意に輝く。「さあ、続けて」

「たしか一作目で連続殺人犯は電気椅子、二作目では終身刑だったわ」アレシアはその場に渦巻く不穏な空気に気づきもしない。「だから、その妻も結局つかまるのよね」

「さあ、どうかしら」ウィローは謎《なぞ》めいた言い方をし、視線を上げてテオを見た。彼は顔をこわばらせていた。顎のあたりが震えている。その表情が動かぬ証拠だ。「でも、そうね、ダーリン。これ以上、披露するわけにはいかないわ」彼女はあらすじのことを言ったわけではなかった。

「賢明だ」テオはにやりとしてみせた。だが内心は、上流階級の人々の前で自分の人格を脅かすようなまねをした妻に憤っていた。

彼女はネックレスの件をどうして知っているんだ。領収書を見つけたはずはない。だが、たしかだ。プライドの高いウィローは彼女なりの独創的な方法で反撃に出たのだろう。テオは彼女が憎かった。一刻も早くここから連れださなければ。

リムジンの運転手は、アテネの渋滞した道路を巧みに縫って車を走らせた。ウィローは後部座席で黙りこくって窓の外を見ていた。テオはパーティ会場を出てからひと言も口をきいていない。

やがて車はスピードをゆるめ、屋敷の玄関前に止まった。

運転手がまわっていく前に、テオはすばやくウィローの側のドアを開けた。「降りるんだ」彼女の腕をつかみ、急《せ》きたてるようにして石段を上っていく。玄関ドアを開けて彼女をなかに入れてから、ようやく手を離した。

テオは彼女に向かってどなりかけたが、強い意志の力で自分を抑えた。彼女は友人たちの前で彼をからかったのに、よく見ると、そのほっそりした肩がこわばっている。テオははっとし、自分が最低とは言わないまでも彼女にひどいことをしたのだと気づいた。彼はウィローに、息子への愛情を利用して結婚を迫った。贈り物をたっぷりあげてベッドで満足させれば彼女は幸せで、いい妻でいてくれるとうぬぼれていたのだ。

彼は上流階級の洗練された女性ばかりを相手につきあってきたが、彼女たちはそういうやり方で満足していた。関係を始めるときも終えるときも、贈り物をするのは当然。情事の相手をときどき替えても、激しい感情などおくびにも出さず、社交の場では何もなかったように顔を合わせる。ウィローがそういう人種と違うとは考えもしなかった。

これまでの女性たちは、テオのかつての愛人が彼からの贈り物を身につけていても気にしなかった。そのとき自分が彼の愛人でいられるなら、それでよかったのだ。

ウィローは違う。彼女はひと財産のダイヤモンド以上に、一輪のばらを喜んだ。彼女は若く、美しく、才能も生活力もある。テオが彼女を必要としている半分も、彼を必要としていない。このままでは彼女は永遠に去っていく。そう気づいて、彼は愕然《がくぜん》とした。彼女を愛している……。

ウィローはテオに何も言わず、広い玄関ホールを進んで階段を上がった。寝室に入り、ベッドからナイトガウンをつかんで部屋を出る。そして、テオと過ごした寝室からいちばん離れた客用の寝室を探した。屋敷はさながら霊廟《れいびょう》のようで、彼女の望みがついえた今夜は、とくにそう思えた。

客用寝室のドアを開けると、そこは青と白を基調とした上品な部屋で、クイーンサイズのベッドがあった。彼女には広すぎる部屋を横切り、真っ白なバスルームに入る。すばやくドレスを脱ぎ、足元まで届く紫のシルクのナイトガウンをはおった。手早く化粧を落とし、髪からピンをはずしてほどく。

テオはなぜ追ってこないのかしら。そんなふうに思う頼りない自分をとがめた。彼はわたしが事実を探りだしたことを知っているのだ。もはや、わたしを愛しているふりをしたところで……。

寝室に戻ると、部屋のまんなかにテオが黒いシルクのローブをはおっただけの姿で立っていた。見上げるほど背が高く、目をみはるほど魅力的な彼の彫りの深い顔から、表情は読みとれない。

寝室に入って彼女がいないことを知ったとき、テオの自制心は限界に達した。彼は落ち着けと自分に言い聞かせ、服を脱ぎ、急いでシャワーを浴びた。ウィローは今夜はどこへも行けない。屋敷はすでに厳重に戸締まりがされている。彼女を見つけて、クリスティンは自分にとってなんでもないことを説明し、納得してもらわなければ。

しかし今、彼女の冷然とした白い顔や、訴えるような青い瞳を見ていると、歯の根が合わなくなるまで彼女の体を揺さぶりたくなった。

「どういうつもりなんだ、ウィロー?」彼は静かに尋ねた。「きみはぼくの妻だ、ぼくのベッドで寝るんだ」

「もう違うわ」ウィローはにべもなく答えた。「この結婚は終わりよ」心は決まっている。そもそもこんな残酷な人と結婚したのが間違いだったのだ。両親が離婚した子供は星の数ほどいる。スティーブンはかわいそうだけれど、ウィローは殉教者になるタイプではない。

テオの顔に冷笑が浮かんだ。「ぼくはそう思わない。話しあおう。きみは想像力がたくましくて、妄想にまで発展してしまったんだ」

「あなたの愛人がつけていたダイヤのネックレスは妄想なんかじゃないわ。わたしがまたあなたとベッドをともにすると思うなんて、妄想をいだいているのはあなたのほうよ」ウィローは深呼吸して懸命に冷静な声を保とうとした。「さあ、出ていって」

しなやかな身のこなしでテオは彼女に近づき、その肩に乱暴に手をかけた。

「放して、テオ」

「だめだ」耳ざわりな声で言う。「ひとつききたい。クリスティンのことを誰から聞いた？　そいつはぼくらの仲を引き裂こうとしているんだぞ。そんなこともわからないのか？」

ウィローは逆上して言い返した。「ええ、わからないわ！」いつもは冷静な声が怒りに震えた。「わたしに無理やり結婚するよう仕向けておきながら、愛人を紹介するなんて、どういう神経なの？　息子もいたのよ。あなたのお母さまも見ていたわ。お母さまだって知っていたのよ」ウィローは彼の胸に指を突き立てた。「あなたは最後までわたしをばかにしなきゃ気がすまないのね。明日、ここを出ていくわ。あなたなんて地獄に落ちればいい」

「じゃあ、きみも一緒に落ちるんだ」テオはいらだたしげに黒い目をぎらつかせた。肩をつかむ彼の手に力がこもった。あまりの苦痛に、ウィローは声にならない悲鳴をあげた。

「いい加減にしろ、ウィロー、大人になって現実の世界を見るんだ。クリスティンがぼくの愛人だったとして、それがどうした？　ぼくは三十七歳だ。愛人がいてもおかしくないだろう？　きみと偶然再会し、ぼくはクリスティンとの仲を終わらせる機会がないまま、きみと結婚した。きみがレストランで目にしたのは、ある意味ではビジネスだ。やっと彼女と決別できるチャンスが来たんだ。クリスティンは承知した。彼女とは二カ月以上ベッドをともにしていない」

「だからなんともないの？　非常識だわ」青い瞳がさげすみに燃えた。

「だが、少なくともクリスティンにじかに会って別れ話をするだけの分別はある。きみは恋人のデイブへの伝言を友人に頼んだくせに。そっちのほうが非常識じゃないのか」

「デイブはわたしの恋人なんかじゃないわ！」ウィローはかっとなり、言うつもりのないことまで口走った。「恋人なんてひとりもいなかった。そんな暇があるはずないでしょう。育児や家計をやりくりするのに追われていたのに」喉を締めつける笑い声がもれた。「それでよかったのよ。なのに、あなたがわたしの人生に入りこんで、息子を盗み、わたしをこんな……」彼女は贅《ぜい》を尽くした部屋をぐるっと見まわした。「こんな霊廟のような屋敷に閉じこめたのよ。最初の妻のために建てて、愛人が内装をほどこした屋敷にね」

「ぼくは決して――」

「否定しても無駄よ。何年も前に、この屋敷とダイアンのことを雑誌で読んだもの。クリスティンだけじゃなくて、ニューヨークに行けば、今もダイアンと関係を続けているのよね。なんて残酷でけがらわしいの。もううんざり」

テオは気が遠くなるほど長いあいだ、慈悲のかけらもない冷たい目を光らせていた。

「残酷? きみにはその意味もわからないくせに。でも、そろそろ学ぶころだ」

「いやよ」

だが遅すぎた。テオは彼女の体を強く抱き寄せると、乱暴にキスをし、罰を与えるように野蛮に唇を割った。彼女の体から紫色のシルクを引き裂くようにしてはぎとり、冷ややかな視線を彼女の体に走らせる。そしてふたたび彼女の唇に唇を押しあて、舌を侵入させて、潤った内部を味わい、彼女の腰に手をまわした。ウィローは彼がすっかり高まっているのに気づいた。

「うんざりだって?」いとも簡単に彼女を抱きあげベッドに運ぶと、テオはほっそりした体の上に覆いかぶさった。「それはなんとかしなくては」彼女が叫ぶ間もなく、彼は挑むように熱いキスで彼女の唇をふさいだ。

ウィローはありったけの力で抵抗しようとしたが、とても太刀打ちできなかった。テオが両手で彼女の全身をくまなく撫《な》でまわす。

「やめて」なんとか声が出た。彼女の青い目は激しい感情をたたえている。

「くそっ」テオはベッドから転がるようにして下りた。自分のしたことが信じられなかった。ローブのベルトを締めながら、眉をひそめ、彼女の上気した顔を見つめる。「怖がらなくていい、ウィロー」張りつめた声で言う。

「怖がってなんかいないわ」ウィローは起きあがってシーツを体にまとったが、全身が欲求不満にうずいていた。

「嘘をつくな。顔にそう書いてある。だからやめたんだ。ぼくはきみを傷つけたりしない。きみはぼくをかんかんに怒らせたあげく夢中にさせるけど」力が尽きたように声がしだいにしぼんでいく。

「わたしがあなたを夢中にさせる？」

テオはじっと彼女を見つめ、怒りを抑えようとした。彼女に怒りをぶつけても仕方がない。険しい顔がやわらぎ、微笑が浮かんだ。「ああ、小悪魔……それがきみだ」

ウィローは困惑した。美しい顔にいぶかしげな表情がのぞく。

「おいで、ウィロー」彼は手をさしのべた。「ぼくたちの部屋に戻ろう。このベッドは二人には小さすぎる。今夜のことは乗り越えられる。クリスティンのことは忘れてくれ。彼女はぼくにとってなんでもなかった。ぼくたちが分かちあっているもののほうがずっといい」

ええ、セックスと息子でしょう。ウィローは苦々しげに思った。セックスはあらゆることへの彼の答えなのだ。突然、何もかもはっきりした。テオは彼女を金ぴかの鳥かごに閉じこめ、性の奴隷としてかわいがるつもりなのだ。彼女の体から生命力がなくなるまで、そばに置いておく。それでは、スティーブンにとってはどんな存在なの？

ウィローはシーツをまとったまま、ベッドのもう一方の側から下り、体に古代ローマ人の衣装のようにシーツをていねいに巻いた。それから深呼吸をしてテオに向きあう。

「まったく、道徳心のかけらもない人ね」彼女の顔には冷たい決意がのぞいていた。「この結婚は大きな過ちだった。スティーブンをいくら愛していても、わたしは誇りやプライドを犠牲にするつもりはないわ。彼は賢い子よ。何週間も一緒にいてこの茶番劇を見破ってるわ」

「スティーブンはともかく、きみはまた妊娠している可能性だってある」

「それほどばかじゃないわ。医者の処方でピルをのんでいるもの。同じ過ちを繰り返すものですか」ウィローはふたたび背筋を伸ばし、彼のわきをすり抜けた。胸に痛みをおぼえたが、これ以上言い合いを続けるつもりはなかった。「あなたを愛していると思っていたのに」首を振りながらつぶやき、戸口に向かう。

テオは殴られたように一瞬たじろいだが、彼女に手を伸ばして振り向かせた。「なんて言った？」声はかすれ、彼女の両腕をつかむ指は震えている。

「聞こえたでしょう」

感情を抑え、テオは彼女を見つめた。「ぼくを愛していると言った?」

「〝思っていた〟と言ったのよ。朝になったらここを出るわ。絶対に止めないで」こみあげる涙をこらえ、必死に声を絞りだす。

テオは彼女の肩から両手を下ろし、大きな体をこわばらせて立っていた。「ばかな。手遅れにしないでくれ。行くんじゃない、ウィロー。愛してる。ずっと愛していたんだ」彼は本心をさらけだし、不安な思いで返事を待った。

ウィローは聞き間違いかと思った。彼女の前にそびえ立つテオのいかめしい顔には、なんの表情も浮かんでいない。沈黙が漂う。目を上げたウィローは、はっとした。彼の黒い目の奥に、隠しきれないもろさが見えたのだ。

彼にぶたれたとしても、これほどショックは受けなかっただろう。ふいに胸の鼓動が激しくなり、彼女は彼を信じかけた。だが、ふたたび同じ間違いを犯してばかを見るつもりはない。

「そんなことを信じられると思う? 今夜わたしは、あなたがあげたダイヤモンドをつけたあなたの愛人に会ったのよ。みんなは、あなたが彼女と結婚すると思っていたって聞いたわ」

「ぼくは真実しか話していない」テオは皮肉な思いにかられた。生まれて初めて女性に愛の告白をしたのに、信じてもらえないとは。「クリスティンが愛人だったことは認める。

でも、ロンドンできみに再会してからは、関係をやめたよ」

「彼女と結婚するんじゃなかったの?」

「考えなかったと言ったら嘘になる。自分の子供が欲しかったから。だが、彼女に結婚を申しこんだことは一度もない」

「わたしの息子でまにあわせられると思ったからでしょう」

「ああ、いとしい人《アガペ・ムー》！　どうしたら信じてもらえるんだ？　ぼくは十八歳のきみに出会った。きみはぼくに抱かれて燃えあがり、ぼくの欲望を満たしてくれた。ところが、翌朝にはぼくのもとを去った。その後、女性と関係がなかったわけじゃない。事実、結婚もした。ぼくは聖人君子じゃないし、九年は長い。だけど彼女たちはみんな同じだった。ぼくは贅沢三昧《ざんまい》な暮らしを提供し、彼女たちはぼくにセックスを提供した」

「じゃあ、わたしと同じね」

「違う」はねつけられるのを恐れるように、テオはゆっくり彼女の体に腕をまわした。

「きみは違う」彼女の頬を撫で、かすれた声で言う。

「わたしにはあなたの息子がいるからよ」ウィローは彼の手を振りほどいた。

「そうじゃない」

　さっき彼女はぼくがただひとりの男性だったと口をすべらせた。つまりは、少なくともぼくのことを好きだったはずだ。テオはそれだけで生きていけると思った。ふたたび手を伸ばして、彼女の豊かな髪にこわごわ指をからませ、彼女の顔を上向かせて目と目が合うようにした。

「ステファノのためじゃない。ぼくはずっときみの面影をいだいて生きてきた。きみは想像の産物にすぎない、あの完璧《かんぺき》な美しさは夢なんだ、と思ったときもある。でもあのホテルできみに再会して、思いは再燃した」

彼が目を閉じ、また開けたとき、黒い目の奥には激しい欲望の炎が燃えていた。

「きみを見て、欲しいと思った。きみをとり戻すためならなんでもするつもりだった。今度こそ放すまいと。ステファノのためじゃない……あのときはまだ、きみに子供がいることを知らなかったから」

ウィローは目をみはった。そうよ、彼はスティーブンの存在を知らずにわたしを求めた。かすかな希望の火が彼女の心に灯《とも》った。

「あの晩、ぼくのスイートルームで二人きりになったとき、ぼくはきみを抱きたかった」テオは彼女の肩に両手を軽くのせた。「きみをあのまま押し倒そうと思えばできたが、九年前に性急に抱いたことを思い出して、自分を抑えた。また同じ過ちを犯すわけにはいかなかった。それに、この先時間はたっぷりあると思ったんだ。でもきみは、またもや夜逃げ同然に逃げだした」彼はいきなり激しいまなざしで彼女を見据えた。「今きみがどんなに欲しいか、わかるか？」

「いいえ」ウィローはささやいた。喉がからからだ。頼りなさが顔に表れていたのだろう、テオはこわばった笑みを浮かべて彼女を見た。

「ああ、たぶんわからないだろう。きみにいなくなられたとき、ぼくはきみを忘れようとしてほかの女性と結婚までしたのに、きみは夢に現れた。ダイアンがほかの男とベッドにいるのを見つけたときには、正直ほっとした。離婚する口実ができたから」

「でも、あなたは……」

「ああ、浮気が見つかったのはぼくのほうだと聞かされたんだろう。みんなにそう思わせたんだ。ぼくには女がいる――クリスティンだと思っている者もいる――という噂を否定もせず、性格の不一致による離婚ということにして」

「チャールズの言ったとおりだわ」

テオは自嘲《じちょう》ぎみに口元をゆがめた。「ひねくれた自尊心さ」

ウィローはぞっとした。「男性優越主義ね」

「うぶだな、ウィロー」テオはあざけり、両手で彼女を引き寄せた。「男だって、女性と同じく、傷つきやすいんだ。セックスがかかわると女性以上かもしれない」

「待って」ウィローは叫んだ。「あなたはダイアンがほかの人とベッドをともにしたから、クリスティンと関係を持ったの?」

「まさか。きみはぼくが言うことをいちいち曲解するのか」

「そう聞こえたのよ」

「誓ってもいい。ぼくがクリスティンと関係を持ったのは、離婚して二年以上あとだ。それ以前はただの友達だった」

「信じられないわ」ウィローは鼻を鳴らした。

「ぼくのことをなぜそう悪く考える？　きみはぼくの妻で、ぼくの息子の母親で、ぼくのものだ」テオの目に陰りがさした。「自分がいくつか過ちを犯したことはわかっている。まずはこの家だ。ここはダイアンのために建てたんじゃない。ぼくが二十五歳のとき、父から贈られたものだ。雑誌の記事は、クリスティンに改装してもらったあと、ダイアンがでっちあげた話だ。ここが嫌いなら嫌いと正直に言ってくれ。壊してもいいんだ。すでにエーゲ海に小さな無人島を買ってある。建築家にぼくたちの家の設計図を描《か》いてもらってあるから、できあがったら、きみに真っ先に見てもらうつもりだ。これだけ言っても信じてくれないのか？」

彼は島を買い、そこに家を建てようとしている。ウィローは彼の目を探り見た。なんと答えていいかわからない。

「離婚以来、ぼくは別れた妻にいっさい触れていないし、きみと再会してからは、ほかの女性にも触れていない。クリスティンのことは説明したとおりだ。きみを傷つけたのなら謝る。愛している……。これ以上、どう言えばいいんだ？　口を開いてくれ。ぼくはきみのものだ」

ウィローは喉をつまらせた。彼の黒い瞳にもろさやひたむきさが見える。胸に灯った小さな火が大きな喜びの炎となって燃えあがった。テオに再会したときに彼女は言った。〝わたしは過去に生きたりしないわ。未来を考えるほうがいいもの〟と。今こそ、その信条に従い、過去を忘れて、彼がさしだす未来を信じるときかもしれない。

「もう一度言って」

テオのハンサムな顔がゆがんだ。「言うって、何を?」

いつものように問題を先延ばしにするのでなく、思い切ったことをしたほうがいいときもある。ウィローは決心した。「わたしを愛していると言って」彼女は彼の広い胸に震える手を当て、激しい鼓動を感じて息をのんだ。

「愛しているかって? もちろん、きみなしでは生きていけないほど愛している」テオは揺るぎない決意をこめて言った。「この先八年なんかじゃない、死ぬまでずっと愛しつづける」

「もっとすてきな愛の告白を聞いたことがあるわ」ウィローはまばゆい笑みを向け、彼の首に両手をまわした。「たとえば、海が涸《か》れるまで愛するとか? それとも星がまたたくのをやめるまで? 月が輝きを失うまで?」

「それがきみの望みなら誓うよ」テオはウィローをきつく抱きしめた。彼女の態度にすっかり当惑していた。だが少なくとも彼女はこうして腕のなかにいて、ほほ笑みかけている。

「それとも」ウィローは長いまつげの下から彼を仰ぎ見た。「宇宙が爆発するまで?」彼の胸にもたれ、みずみずしい唇に謎めいた微笑を浮かべる。「でも、いちばんいいのは……」そこで芝居がかった間をおいた。「愛しているわ、テオ。単純だけど、それしか言いようがなくて」

テオは喉の奥でうなり、彼女を抱きあげたが、彼女の体を包んでいたシーツの裾《すそ》に足をとられてベッドに倒れこんだ。

「小悪魔……きみはぼくを愛している」

輝く瞳に見つめられて、彼女は胸がいっぱいになり、ただうなずくしかなかった。

「出会った瞬間から、ぼくはきみを愛していた。でも、どんなに妄想をいだいても、きみがぼくを愛してくれていると思ったことはなかった。これまで何度きみを捜そうとしたか。だけど愛なんて、ましてやひと目惚《ぼ》れなんて嘘だと自分に言い聞かせた」テオは突然、真顔になった。「正直に言うよ。ぼくは皮肉屋だった。結婚はビジネス、子孫のためだと思っていた」苦々しげに顔をしかめる。「だが、愛情はそうはいかない。今夜、きみを失うかもしれないという状況で初めて、心ではわかっていたことを頭が受け入れたんだ」

ウィローは手を伸ばし、彼の力強い顎をいとおしげに撫でた。誇り高く、尊大な人、彼はわたしのもの。

「何ものも、きみに対する愛を阻止することはできない」テオはその目に魂のすべてをこめ、どんな言葉よりも彼女を心から愛していると伝える激しいキスをした。そして小さなベッドで夜を明かした。

だが快適とは言えず、翌朝目を覚ましたとき、ウィローは身を縮めていた。テオが彼女の首筋に鼻を押しつける。「ところで、きみの処女作で連続殺人犯としてぼくをモデルにしたのは、どういうことなんだ?」

ウィローは逃れようとしたが、そのスペースはなかった。「忘れてほしかったのに」

「きみについては何ひとつ忘れるものか」甘く優しいキスをして、彼は頭を起こした。

「殺したいほど、ぼくを憎んでいたのか?」

「憎んでいたんじゃないわ、あなたを頭から追い払いたかったの。あの本を書きはじめたのはスティーブンが一歳のころで、それまでの苦しみをようやく乗り越えたところだった。でも、どうやって食べていけばいいか不安で……」

「そばにいてあげたかった」

「ある意味で、あなたはそばにいたのよ。あの本を書いたとき、犯人があなたと驚くほど似ているとは気づきもしなかった。精神科医が分析したがる動機ね。いずれにしろ、物語のなかであなたを殺すのは感情を浄化してくれて、わたしは前に進むことができたの。わたしの作家としての成功はあなたのおかげだと言ってもいいわ、テオ」

「ありがとう、と言うべきかな。でも、もうぼくを本のねたにしないでくれ」テオは片手で彼女の喉を撫でおろし、胸のふくらみを包んだ。

ウィローは彼の背中に両手をまわし、いたずらっぽい目で顔をのぞきこんだ。「残念ね。次の作品にはロマンスをからませようと考えていたのに。ベッドシーンがあると売れるって、編集者にアドバイスされたの。わたしの経験はあなただけだから、そのあなたとのことが生かせないのなら……」彼の日に焼けた肩にそっとキスをする。「大変だけど、誰かほかの人を見つけて、手練手管を教えてもらわなくちゃ」

テオは高らかに笑った。「きみは永遠にぼくとしかベッドでのテクニックを練習できないよ。それで充分想像力がふくらむだろう?」

唇をキスでふさがれ、ウィローはほほ笑んだ……。そして二人は……。

●本書は、2005年9月に小社より刊行された作品を文庫化したものです。

忘れえぬ情熱
2023年10月15日発行　第1刷

著　　者／ジャクリーン・バード
訳　　者／鈴木けい（すずき　けい）
発 行 人／鈴木幸辰
発 行 所／株式会社ハーパーコリンズ・ジャパン
東京都千代田区大手町1-5-1
電話／03-6269-2883（営業）
0570-008091（読者サービス係）
印刷・製本／中央精版印刷株式会社
表紙写真／© Evgeny Ustyuzhanin | Dreamstime.com

ISBN978-4-596-52684-7

10月12日発売

ハーレクイン・シリーズ 10月20日刊

ハーレクイン・ロマンス
愛の激しさを知る

王子と土曜日だけの日陰妻 ミシェル・スマート／柚野木 菫 訳

ドラゴン伯爵と家政婦の秘密 アニー・ウエスト／小長光弘美 訳
《純潔のシンデレラ》

小さな愛の願い ベティ・ニールズ／久坂 翠 訳
《伝説の名作選》

新妻を演じる夜 ペニー・ジョーダン／柿原日出子 訳
《伝説の名作選》

ハーレクイン・イマージュ
ピュアな思いに満たされる

灰かぶりとロイヤル・ベビー ディアン・アンダース／西江璃子 訳

見捨てられた女神 サラ・モーガン／森 香夏子 訳
《至福の名作選》

ハーレクイン・マスターピース
世界に愛された作家たち
〜永久不滅の銘作コレクション〜

秋冷えのオランダで ベティ・ニールズ／泉 智子 訳
《ベティ・ニールズ・コレクション》

ハーレクイン・プレゼンツ作家シリーズ別冊
魅惑のテーマが光る極上セレクション

嫌いになれなくて ダイアナ・パーマー／庭植奈穂子 訳

ハーレクイン・スペシャル・アンソロジー
小さな愛のドラマを花束にして…

あなたの知らない絆 ミシェル・リード他／すなみ 翔他 訳
《スター作家傑作選》